삼국지

더 비기닝

담덕사랑 장편소설

FUSION FANTASTIC STORY

삼국지 더 비기닝 1

담덕사랑 장편소설

초판 1쇄 찍은 날 § 2017년 4월 6일
초판 1쇄 펴낸 날 § 2017년 4월 13일

지은이 § 담덕사랑
펴낸이 § 서경석

편집책임 § 김경민

펴낸곳 § 도서출판 청어람
등록번호 § 제387-1999-000006호
등록일자 § 1999. 5. 31
어람번호 § 제1-2671호

주소 § 경기도 부천시 원미구 부일로 483번길 40 서경B/D 3F (우) 14640
전화 § 032-656-4452 팩스 § 032-656-4453
http://www.chungeoram.com
E-mail § chungeorambook@daum.net

ⓒ 담덕사랑, 2017

ISBN 979-11-04-91264-1 04810
ISBN 979-11-04-91263-4 (세트)

三國志
① 삼국지
데 비기닝

담덕사랑 장편소설

FUSION FANTASTIC STORY

도서출판
청어람

목차

서장

184년 후한(後漢) 말기.

태평도의 교주 장각은 외척과 환관으로 인해 나라가 어지럽고, 백성들이 고통을 받는 것을 지켜볼 수 없어 난을 일으켰다.

교주 장각은 '창천(蒼天)은 죽고 황천(黃天)의 하늘이 열렸다'고 외치며 후한의 13곳에서 일제히 반란을 일으키도록 했다. 교주의 지시에 따라 머리에 누런 띠를 두른 황건적들이 난을 일으켰고, 마치 한겨울 들불처럼 거세게 일어났다.

이에 후한의 황제 영제는 외척인 대장군 하진에게 황건적 토벌을 명했다.

그러자 유비의 스승이었던 노식과 황보숭, 주준 등 3명의 장수가 황건적 토벌군으로 편성되고, 기도위에 조조가 임명되어 황건적 토벌에 나선다. 그리고 강동의 호랑이라 불리는 손견도 하비에서 부하 황개, 한당, 정보, 조무와 함께 1,500명의 군대를 이끌고 토벌에 참여한다.

　그리고 유주의 탁현에서는 유비가 장비, 관우와 함께 의형제를 맺고, 수백 명의 장정들을 모집해 용사 500명을 이끌고 황건적 토벌에 나섰다.

　이후 치열한 교전이 한창이던 중, 돌연 교주 장각이 병사하고 말았다.

　이후 황건적은 와해되었고, 이때 황건적 토벌을 빌미로 거병한 제후들은 독자적인 세력을 구축할 수 있는 기반을 다지게 되었다.

　그렇게 삼국시대 서막이 시작되었다.

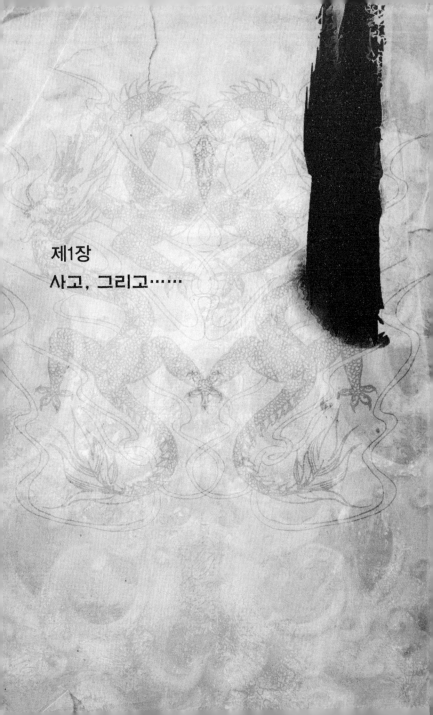

제1장
사고, 그리고……

2029년 12월.

징글벨~!

징글벨~!

크리스마스 캐럴이 거리 곳곳에서 울려 퍼지고 있는 대한민국.

대한민국의 수도 서울은 오늘도 사람들이 분주하게 움직이는 국제적인 대도시였다. 천만이 넘는 인구가 모여 사는 서울은 연말연시 분위기가 최고조에 달해 있었고, 시내 곳곳에는 크리스마스를 함께 보내려는 커플과 가족들로 붐비고 있었다.

또한 크리스마스 연휴를 해외에서 보내려는 사람들로 인천 국제공항은 북새통이었다.

국외로 나가는 여행객들로 붐비는 그곳에, 유독 눈에 띄는 한 사내가 있었다.

특이하게도 그 사내는 등산복 차림이었고, 등에는 마치 산에 오르려고 하는 듯 작은 배낭을 메고 있었다.

20대 초반으로 보이는 사내의 외모는 어느 누가 보아도 강렬한 인상이 남을 정도로 준수했다.

178㎝ 정도의 키에, 마치 조각을 해놓은 듯한 얼굴은 많은 여성들의 애간장을 녹일 것 같았다. 그것을 증명이라도 하는 듯 공항 대합실에서 음악을 듣고 있는 그를 지나가는 여성들이 힐끔거리며 바라보았다.

그러나 사내는 그런 여성들의 눈빛에는 아랑곳하지 않았다.

잠시 기다리다 비행기 탑승 시간이 되자 사내는 그 자리에서 일어났다.

등산용 배낭을 걸쳐 메고 게이트로 향하는 그의 걸음걸이가 당당하게 빛났다.

게이트 근처를 지키고 있던 항공사 여직원 둘은 사내가 다가오자 눈이 반짝였다.

영화배우라고 해도 믿을 정도로 잘생긴 청년인지라 그녀들은 최대한 상냥한 미소로 그를 맞이했다.

"안녕하십니까? 고객님."

"수고하시네요."

사내가 여직원들에게 상냥하게 인사를 하고는 비행기 표와 여권을 내밀었다.

그것을 건네받은 여직원은 여권에 나타난 사내의 나이가 스물아홉이라는 것에 흠칫거렸다. 겉보기에는 이제 겨우 20대 초반인지라, 그녀는 사내를 천천히 다시 살폈다.

사내는 그런 그녀의 시선이 의식되었는지 질문을 던졌다.

"무슨 문제가 있나요?"

"진수현 씨 본인 맞으세요?"

"네, 제가 진수현입니다."

"여권에 표기된 나이에 비해 상당히 젊어 보이시네요, 이제 막 입학한 대학생처럼 보이세요."

"아! 그런 말을 종종 들었습니다."

그러자 그 여직원이 입가에 미소를 머금으며 수현에게 여권을 돌려주었다.

"즐거운 여행 되십시오."

"수고하세요."

탑승 게이트에서 점점 멀어져 가는 수현이었다. 여권을 받았던 여직원이 몸을 비틀어대며 호들갑을 떨었다.

"아우! 저런 사람 품에 한번 안겨봤으면……."

"언니, 몇 살인데 그랬어요?"

"여권에는 스물아홉인데, 아! 우리 나이로는 서른이네. 실제로는 이십 대 초반처럼 보이지?"

"그래요?"

"그래! 엄청 동안이지!"

"영화배우일까요?"

"손님 오신다."

그때 다른 승객이 다가오자 두 여직원은 언제 수다를 떨었냐는 듯이 정색을 하며 맞이했다.

한편, 비행기에 탑승한 진수현이라는 사내는 자신의 좌석으로 가서 앉았다. 승객들이 탑승하는 것을 지켜보다 창밖으로 고개를 돌리는 그였다.

잠시 기다린 끝에 출발한다는 사무장의 안내 방송이 들려왔다.

그러자 그 진수현이라는 사내는 안전벨트를 착용하고는 또다시 창밖으로 고개를 돌렸다. 별다른 이상 없이 이륙한 비행기는 중국 대련을 향해 빠르게 날아갔다.

*　　　*　　　*

1시간 후.

중국 대련 공항에 착륙한다는 안내 방송이 흘러나왔다.

끼이익!

끼익!

잠시 후 묵직한 충격이 전해지더니 무사히 비행기가 착륙하였다.

　입국 수속을 마친 수현이 공항을 빠져나오자, 그에게 다가가는 한 사내가 보였다.

　30대로 보이는 사내는 청바지에 파카를 입고 있었고, 공항을 나오는 수현에게 반가운 목소리로 인사를 했다.

　"진수현 씨, 어서 오세요. 오신 것을 환영합니다."

　"가이드는 내일부터일 텐데, 마중 나와 주셨네요."

　"갑자기 오늘 일정이 취소되어서요, 가방 주세요."

　수현은 내일부터 가이드로 고용한 사내가 마중을 나와 준 것이 너무나 고마웠다.

　대학에 다닐 때 유럽으로 배낭여행을 다녀온 적은 있었지만, 중국은 이번이 처음이었다.

　나름 중국어에는 자신이 있었지만, 낯선 곳에서 홀로 숙소를 찾아갈 일이 은근히 걱정되었다. 그런 중에 이처럼 빨리 조선족 가이드를 만났으니 한시름 덜었다고 생각하는 수현이었다.

　그는 가이드의 차를 타고 숙소로 향하는 중에 질문을 던졌다.

　"홍수 피해는 복구되었습니까?"

　"아직도 곳곳에 방치되어 있는 곳이 있습니다."

　"그래요? 그럼 일정에는 차질이 없나요?"

"그건 걱정하지 않으셔도 됩니다, 이번 답사 코스는 이미 복구가 끝났습니다."

"다행이네요."

수현은 올해 여름에 자신이 방문하기로 예정되어 있었던 백두산 근처에서 홍수가 발생했다는 뉴스를 접했다. 불안한 마음에 그처럼 물었는데, 아직도 복구가 끝나지 않았다고 하니 조금은 불안해졌다.

그나마 답사 코스는 안전하다는 말을 위안으로 삼았다.

"오늘은 숙소에서 지내시고, 내일 아침 일찍 비사성을 방문할 계획입니다."

"알고 있습니다, 그럼 몇 시에 출발하나요?"

"오전 7시에 제가 모시러 가겠습니다."

"예, 그렇게 알고 있겠습니다."

비사성은 중국 요령성 요하 유역에 있었던 고구려 시대의 성이였다.

수(隋) 양제와 당(唐) 태종의 고구려 침입과 관련 있는 곳이다.

요동과 요서를 연결하는 교통의 요지에 자리하다 보니 역사적으로 외세의 침략이 많았던 곳이기도 하였다.

그런 곳을 수현이 방문하기로 되어 있었다.

그는 서대문에 위치한 이화 여자 외국어 고등학교의 중국어 담당 교생이었다. 짧은 교생 실습은 끝났고, 내년에는 정식으로 교원 임명을 받는다.

그래서 이번 겨울방학을 이용하여 5일간의 여정으로 중국에 다녀올 계획을 세웠다.

고구려 유적지 탐방과 백두산 등반으로 뜻깊게 시간을 보내고 싶어서였다.

1시간여를 달려 숙소에 도착한 수현은 저녁 식사를 마치고 자신의 방에서 여유롭게 책을 보았다.

그가 보고 있는 책은 한눈에 보아도 고서란 것을 알 수 있을 정도로, 온통 한자로 되어 있었다. 남들이 보기에는 머리가 아플 정도로 난해한 책이지만, 고서 수집이 취미인 그에게는 하나의 즐거움이었다.

그렇게 책을 읽던 그는 손으로 입을 가렸다.

"하아아암!"

따뜻한 방 안 침대에서 책을 읽다 보니 졸음이 밀려와 늘어지게 하품을 했다.

아무리 한국이 중국과 시차 차이가 거의 없다지만 먼 길을 왔던지라 하품이 계속 나왔다. 더 이상은 견디기가 힘들었는지 그는 침대 옆에 있는 장식장에 책을 올려두고 잠자리에 들었다.

그렇게 수현이 깊이 잠들었을 때였다.

은은하게 땅이 흔들리는 지진이 발생했지만, 세상모르고 깊이 잠든 그는 지진이 발생한 것도 몰랐다.

*　　　*　　　*

다음 날, 이른 아침.

수현은 길을 떠나기 위해 아침 일찍 일어나 준비를 끝냈다.

그리고 마지막으로 객실에 두고 가는 물건이 없는지 천천히 살펴보았다.

"어제 저런 게 있었나?"

그는 고개를 갸웃거리며 벽에 있는 균열을 바라보았다.

"출발하시죠!"

그때 문밖에서 오늘 가이드를 해줄 조선족 사내의 외침이 들려왔고, 그는 대수롭지 않게 여기며 밖으로 나갔다.

휘이잉!

휘잉!

숙소를 나오자 한겨울 찬바람이 매섭게 몰아쳤다. 마당 앞 공터에는 조선족 가이드가 타고 있는 승용차가 보였다.

수현은 오래된 승용차 뒷문을 열고 안으로 들어섰다.

그리고 뒷자리에 배낭을 두면서 인사를 했다.

"딱 맞춰 오셨네요."

"당연하지요, 날이 상당히 춥네요."

"겨울이잖아요."

수현이 조수석 안전벨트를 매자 조선족 가이드는 차를 출발시켰다.

이른 아침이라 도로에는 오가는 차량이 거의 없었다.

"수현 씨, 아침은 든든하게 드셨습니까?"

"고수 때문에 입에 맞지가 않네요."

"아! 고수를 처음 먹어본 사람들은 독특한 향 때문에 힘들어하던데, 그럼 가시다가 편의점에 들를까요?"

"비사성 근처에는 없나요?"

"있습니다."

"그럼 거기서 먹을게요, 지금은 속이 좀 그러네요."

"알겠습니다."

숙소에서 어제 저녁과 오늘 아침을 제공받았지만 고수라는 향신료 때문에 제대로 먹지를 못한 수현이었다. 그는 이런 탐사 여행이 처음이라 준비가 미흡했던 자신을 탓했다.

'첫날부터 이게 무슨 개고생인지 모르겠네……'

아무리 화가 나더라도 가이드에게 분풀이를 할 수 없는 노릇인지라, 수현은 창문에 머리를 기댔다.

그렇게 눈을 감고 한참을 가는데 갑자기 배가 부글부글 끓어왔다.

"이 근처에 화장실 없나요?"

"속이 많이 안 좋으세요?"

"예."

"여기는 없어 보이는데……."

가이드는 상체를 앞으로 숙이며 주변을 둘러보았다.

그러나 사방이 온통 눈 덮인 산이라 결국 머리를 살짝 흔들며 옆으로 고개를 돌렸다.

"그냥 이 근처에서 볼일을 보세요, 사람도 없는데."

"그래야겠네요, 으윽!!"

끼이익!

수현이 잔뜩 인상을 쓰며 소리치자 가이드는 반사적으로 브레이크를 밟았다. 배낭에서 휴지를 꺼낼 시간조차 없었다. 수현은 다급한 마음에 배낭을 들고 산으로 내달렸다.

"쯧, 엄청 급했나 보네."

수현이 산자락으로 달려가는 것을 보고 차에서 내리는 가이드였다. 그러고는 담배를 입에 물며 불을 붙였다.

"휴우~!"

그는 길게 담배 연기를 내뿜으며 주변을 살펴보았다.

"우와! 이런 곳이 있었네……."

도로 옆은 기암괴석들로 장관을 이루고 있었다. 마치 뛰어난 화가의 작품처럼 아름다운 경치였다.

잠시 풍경을 감상하던 가이드가 주변을 둘러보았다.

"그런데 여기가 어디지……."

아무리 둘러보아도 그 흔한 이정표조차 보이지 않았다.

낡은 차량이라 내비게이션이 없는 것이 아쉬웠다. 그는 자신이 어디에 있는지 알 수 없자 답답했지만 대수롭게 받아들이지는 않았다. 어차피 길을 따라가면 교통 안내판이 나올 것이라고 생각하며 담배를 바닥에 버리고는 발로 비벼 껐다.

그때였다.

크르릉!

쿠르르릉!

갑자기 땅이 흔들리더니 제대로 서 있기조차 힘들 정도로 진동이 심해졌다.

가이드는 순간적으로 이것이 지진이라는 것을 파악했고, 황급히 주변을 살피며 피할 곳을 찾았다.

그러나 점점 진동은 강해졌다.

콰쾅!

갑자기 승용차가 갈라진 땅속으로 푹 꺼져 버렸다.

놀라서 황급히 뒤로 도망치던 가이드는 이내 진동이 잠잠해지자 땅바닥에 풀썩 주저앉았다.

"하아… 씨발! 죽는 줄 알았네!"

겨우 몇십 초에 불과한 짧은 지진이었지만, 하얗게 얼굴이 변한 그는 조금만 늦었다면 죽었을 거라는 생각에 연신 가쁜 숨을 몰아쉬었다.

그렇게 놀란 가슴을 안정시키는 와중, 불현듯 수현이 떠올랐다.

"미치겠네!"

자리에서 벌떡 일어난 그는 수현이 사라진 방향을 바라보
았다.

"어, 어······."

그는 조금 전까지만 하더라도 눈앞에서 보였던 기암괴석들
이 사라진 것에 놀라 달려갔다.

하지만 그는 얼마 가지 못하고 멈추고 말았다.

땅이 갈라져 끝이 보이지 않을 정도의 구멍이 생겨 있었다.

그는 저 구멍에 수현이 빠졌을 거라고 생각했다. 가이드는
머리를 벅벅 긁으며 어찌할 바를 모르더니 급히 파카 주머니
안에서 핸드폰을 꺼내 들었다. 그러나 지진의 여파로 기지국
이 피해를 입었는지 통화권 이탈 표시만 나타내는 액정이었
다.

혹시나 싶어 그는 담배를 피우며 수현이 나타나기를 기다렸
다.

초조한 마음으로 수현을 기다렸지만 그는 끝내 나타나지
않았다.

*   *   *

한편, 수현은 급하게 볼일을 보고 돌아가던 중에 지진을 만
났다.

그는 갑자기 엄청나게 땅이 흔들리자 놀라서 도망치려고 하

였다. 그러나 야산에서 흙이며 바위가 떨어지자 도망칠 시간이 없다고 생각했다. 급히 고개를 돌려 주변을 두리번거리자 작은 토굴이 눈에 들어왔다.

그는 정말 죽을힘을 다해 내달렸다.

쿠르르릉!

콰광!

수현이 그 토굴로 몸을 던진 순간, 엄청난 양의 토사와 바위가 쏟아져 내리더니 들어왔던 입구를 막아버렸다.

갑자기 앞이 보이지 않을 정도의 암흑에 파묻힌 수현은 바닥에 납작 엎드린 상태에서 지진이 끝나기만을 기다렸다.

그렇게 얼마간의 시간이 흐르자 지진이 끝났는지 더 이상 진동이 느껴지지 않았다.

"휴우~! 살았다."

수현은 안도의 한숨을 내쉬며 몸을 일으켰다.

그는 아무것도 보이지 않는 어둠 속에 갇혀 있다는 것에 급히 배낭을 뒤져 LED 랜턴을 꺼내 작동시켰다.

랜턴을 들고 이리저리 비추자, 이내 자신이 들어온 곳이 작은 토굴이 아니라 동굴이라는 것을 알게 되었다.

동굴이 얼마나 큰지 랜턴의 불빛으로는 나가는 출구를 찾을 수가 없었다.

그나마 다행스러운 것은 단단한 화강암 동굴이라 지진에도 무너지지 않았다는 점이었다.

수현은 들어왔던 입구가 바위와 토사로 막혀 있는 것을 보고는 안으로 들어가기 시작했다.

저벅!

저벅!

자잘한 돌멩이를 밟으며 안으로 들어간 지 얼마 되지 않아서 그는 놀라운 것을 보게 되었다.

"사람이 살았던 곳이네……."

동굴 안 원형 광장에 수십 명이 살았던 흔적이 있었다.

항아리와 나무 그릇, 대나무로 만든 가구들이 있는 곳을 지나쳤고, 이불이 깔려 있는 자리가 수십 개는 되어 보였다.

그리고 이불이 깔린 자리 중앙에는 커다란 돌로 만든 화덕도 보였다.

"요즘에 누가 이런 것을 쓰지."

그는 도무지 이해가 되지 않았다.

분명 사람들이 얼마 전까지 살았던 곳 같았다.

하지만 요즘 같은 세상에 누가 나무 그릇이며 대나무로 만든 가구를 쓰나 싶었다.

수현은 사람들이 살았던 흔적이 가득한 동굴 안 광장을 지나쳤다.

랜턴으로 주변을 살피던 그의 눈에 두터운 가죽을 걸쳐둔 가림막이 보였다. 한겨울 찬바람을 막기 위해 설치한 것인지 용도는 정확히 알 수 없었지만, 어쨌든 다가가서 그것을 걷어

올렸다.

"어! 입구다!"

나타난 것은 사람 두셋 정도가 겨우 지나다닐 수 있는 좁은 통로였다. 길을 따라 걷다 보니 이내 나무로 만든 문이 가로막고 있는 곳에 도착했다.

"으윽!"

있는 힘껏 문을 당겨보았지만 꿈쩍도 하지 않았다. 그래서 밖으로 문을 밀치자 허무할 정도로 쉽게 열렸고, 나뭇가지로 입구를 가린 것이 나타났다.

나뭇가지 틈으로 햇빛이 들어왔다. 그는 그것을 치워내고 밖으로 나가 주변을 살폈다.

문 앞에는 작은 공터가 있었고, 사방으로 보이는 것은 새하얀 눈으로 뒤덮인 들판이었다.

수현은 그제야 자신이 있는 곳이 산 중턱이라는 것을 상기했다.

그러고는 무언가 이상하다고 생각했는지 고개를 갸웃거렸다.

"이상하네, 건물이 하나도 보이지가 않네……."

지진을 피해 동굴로 들어왔지만 그래도 도로와 건물은 보여야 하는 것이 아니냐는 생각을 했다. 그런데 이상하게도 눈에 보이는 것은 오로지 눈 덮인 들판뿐이었다.

그렇게 주변을 두리번거리던 수현의 눈에 작은 비탈길이 들어왔다.

갑자기 무언가 떠올랐는지 수현은 급히 파카 주머니에 손을 찔러 넣어 스마트폰을 꺼냈다.

"어! 고장인가……."

가이드에게 연락을 하려고 했지만 통화권 이탈 표시가 뜬 상태였다.

지진의 여파로 인해 기지국이 고장 난 것으로 대수롭게 않게 생각한 그는 배낭을 들쳐 메고 비탈길을 내려갔다.

휘이잉!

휘잉!

12월 한겨울의 칼날 같은 찬바람이 눈보라를 일으키자 파카 모자를 깊이 눌러쓰고 길을 더욱 재촉했다. 꼬불꼬불한 비탈길은 겨우 사람 서넛이 다닐 정도로 좁았고, 다행히도 지진의 피해는 없었다.

그렇게 한참을 걸어가던 그의 눈에 얼어붙은 강이 보였다.

문득 강을 따라가면 민가를 발견할 수 있을 거란 생각이 들자, 걸음을 서둘렀다.

그렇게 비탈길을 내려와 산모퉁이를 돌아서 강에 도착했는데…….

너무나 놀라운 광경이 펼쳐져 있었다.

"이, 이게……."

수현은 눈앞에 펼쳐져 있는 끔찍한 광경에 흠칫했다.

강둑에 수많은 사람들이 죽어 있었다.

시신은 남녀노소를 가리지 않았고, 몇몇의 사체는 사지가 잘려 나간 끔찍한 모습이었다.

그러다 그들의 옷차림이 영화나 드라마 촬영지에서나 볼 수 있는 전통 복장인 것을 발견하고 주변을 둘러보았다. 하지만 그 어디에서도 영화나 드라마 촬영을 하는 모습이 보이지 않았다.

"서, 설마……."

수현은 저들이 정말로 죽었다 싶어 마른침을 꿀꺽 삼켰다. 자신이 본 것이 실제인지 확인하려고 두려운 마음을 애써 억누르며 천천히 다가갔다.

조심스럽게 땅바닥에 엎드려 있는 아이에게로 걸어가는 동안 심장이 요동치는 것이 느껴질 정도였다.

수현은 엎드려 있는 아이를 살피다가 갑자기 엉덩방아를 찧었다.

"주, 죽었다."

이제 열서너 정도로 보이는 사내아이가 죽은 채로 있는 모습에 자신도 모르게 뒷걸음질이 쳐졌다.

그때였다.

"으으……."

갑자기 어디선가 사내의 신음 소리가 들려왔다.

그 소리에 그는 어디서 그런 용기가 났는지 벌떡 일어나 사내아이를 품에 안은 채로 쓰러져 있는 노인에게 다가갔다.

"어르신!"

수현의 부름에 간신히 눈을 뜬 노인이었다.

"우리 손자……"

"죽었습니다."

안타까움이 들었지만 사실 그대로를 말할 수밖에 없었다. 비록 의사는 아니었지만, 의무병 출신이라 노인의 부상이 심각하다는 것쯤은 알 수 있었다. 그 때문에라도 사실 그대로를 알려주었다.

"누군지는 모르겠지만… 어서 피하시오… 황… 건적 놈들이… 또다시 나타날지 모르니… 어서……!"

"황건적! 방금 황건적이라고 했습니까!"

"어서 도망……"

"어르신! 어르신!"

수현이 아무리 불러도 노인은 끝내 숨을 거두고 말았다.

그런 모습에 그는 손으로 입가를 가리며 어찌할 바를 몰라 했다.

그때 강둑 너머에서 사내들의 웅성거리는 소리가 들려왔다.

수현은 순간 노인이 죽으면서 하였던 말이 떠올라 반대편 강둑으로 급하게 내려갔다. 마치 도망자라도 된 듯이 다급하게 강둑을 내려가 커다란 바위 밑에 숨었다.

수현은 자신이 왜 이런 괴상한 곳에 있는지, 상황이 어떻게 돌아가는 영문인지도 모른 채 가만히 숨어들어 갔다.

그러다 놈들이 하는 말을 듣고는 더욱 바위 밑에 몸을 숨겼다.

황건적 놈들은 죽은 시신들을 뒤지며 값나가는 물건들을 챙기면서 떠들고 웃어대고 있었다.

'진짜로 황건적인가……'

저들의 옷차림과 손에 들린 무기들이 도무지 믿기지가 않았다.

만약 저들이 진짜로 황건적이라면 이 상황을 설명할 수 있는 방법은 단 한 가지밖에 없었다.

'설마 과거로 와버린 것인가……'

수현은 외국어 고등학교 중국어 담당 교생이었고, 고서를 모으는 취미를 가지고 있었다. 그러기에 중국어에 능통했고, 웬만한 고대 문자도 읽고 쓰는 것이 가능했다.

그런 이유로 황건적이 누군지 잘 알고 있었다.

삼국지의 시작이 저들 황건적이라는 것도 알고 있었기에, 이 상황이 정말 현실이라면 자신은 과거로 왔다는 생각이 들었다.

시기는 후한(後漢) 시대.

그러면서도 수현은 마음 한편으로 여전히 영화나 드라마 촬영이 아닐까 하는 생각을 해보았다.

'아니야, 진짜로 죽은 시체들이었어… 이게 대체 어떻게 된

일이지······.'

너무나 놀란 그는 바위 밑을 나가 저들에게 물어볼 엄두가 나지 않았고, 그저 빨리 저들이 떠나가기만을 바랐다.

얼마나 시간이 흘렀는지는 모르지만 놈들이 떠들어대는 소리가 더 이상 들려오지 않았다.

수현은 조심스럽게 바위 밑을 나와 살짝 고개를 내밀어보았다.

다행스럽게도 황건적이라던 놈들은 떠났는지 보이지 않았다.

그러자 다시 바위 밑으로 들어가는 그였다.

'어쩌지······.'

수현은 자신이 어떻게 과거로 왔는지는 나중에 알아보기로 하고, 우선은 여기가 후한 시대인 것을 받아들이기로 결심했다. 그러지 않고서는 저렇게 수많은 사람들이 죽어 있는 것이 받아들여지지가 않았기 때문이었다.

그렇게 생각을 하다 보니 이상한 점이 한두 가지가 아니었다.

만약 이곳이 현대라면 도로와 건물이 보여야만 했다. 그런데 그런 것은 없었다. 또한 동굴에서 보았던 물품들과, 강둑에서 보았던 물품들 중 현대에서 흔하게 볼 수 있는 물건은 단 하나도 보이지 않았다.

수현은 점점 불안해졌다.

'여기는 위험하다, 어디로라도 가야 한다!'

이유는 모르지만 자신이 과거로 왔다고 생각한 수현은 삼국지 내용을 천천히 떠올렸다. 그리고 황건적의 난이 일어난 시대에서 그나마 안전한 지역은 북쪽이라는 생각에, 북상을 하기로 마음을 먹었다.

그러면서 배낭을 뒤지기 시작했다.

제2장
낯선 세상에서

　수현은 배낭 안에서 탐방을 하며 사진을 찍으려고 준비했었던 디지털 카메라를 보았다. 그 옆에는 찍은 사진을 편집하기 위해 준비한 노트북이 있었다.

　꼼꼼히 배낭 안을 살펴보자 대용량 태양광 충전기가 있었다. 또한 비상식량과 여벌로 준비한 옷가지도 보였다.

　그렇게 배낭을 뒤지던 중 오늘 아침에 가이드에게서 받았던 것이 보였다. 군용 나침반과 지도였고, 백두산에 멧돼지가 자주 나타난다고 하면서 호신용으로 주었던 삼단봉과 다용도 칼도 있었다.

　차륵!

자리에서 일어나 삼단봉을 힘차게 뿌리치자 삼단봉은 50㎝ 정도의 길이로 늘어났다.

"좋네!"

수현은 손을 들고 있는 삼단봉을 이리저리 돌려보며 안도했다. 비록 짧은 삼단봉에 불과하지만 지금은 이런 것이라도 손에 들어야만 하는 긴박한 상황이라 적잖이 안심이 되었다.

그는 삼단봉을 자신의 허리에 차더니 다시 배낭에서 나침반과 지도를 꺼냈다.

그러고는 바닥에 지도를 펼치고 그 위에 나침반을 올려두었다. 군대에서 배운 독도법을 이용해 현재 자신이 있는 위치를 파악하려고 노력하는 것이었다.

수현은 자신이 특전사 수색대를 나온 것이 이렇게 고마울수가 없었다. 만약 자신이 특전사 수색대에서 복무를 하지 않았다면 이렇게 독도법을 알 수나 있었겠나 싶었다.

마침내 대략적으로 자신이 있는 위치를 파악한 수현이 자리에서 일어났다.

'대련에서 그리 멀지 않구나, 그럼 북쪽으로 가야 안전하다는 것인데……'

수현은 중국 요령의 비사성을 탐방할 계획이었다. 그런 중에 지진이 일어나 과거로 흘러와 버린 것이었다.

수현은 현재 자신이 있는 곳을 요동반도 남쪽 끝에 있는 대련으로 파악하였다. 그럼 북쪽으로 가는 것이 그나마 안전하다고 생각하며 주변을 두리번거렸다.

삼단봉이 있다지만 그것만으로는 안심이 되지 않았다.

그는 주변을 두리번거리다가 죽은 사람의 것인지 모를 기다란 목창을 발견했다.

조심히 바위 밑을 나와 목창을 집어 들고 서둘러 그곳을 떠나는 수현이었다.

*   *   *

11일 후.

휘이잉!

휘잉!

한겨울의 매서운 삭풍을 뚫고 북으로 올라가고 있는 수현이 보였다.

노란 파카 차림에 등에는 배낭을 메고, 176㎝ 정도의 자신의 키와 맞먹는 목창을 지팡이처럼 짚으며 걷고 있었다.

그는 지난 10일 동안 무조건 북쪽으로 걷기만 했다.

비상식량과 생수는 떨어진 지 오래되었고, 간간이 보이는 민가나 야산에서 물과 음식을 구해 섭취했다.

그 기간 동안 수현은 자신이 과거로 왔다는 것을 확신하고, 받아들이게 되었다.

그렇게 현실을 수긍하게 되자 심각한 문제에 직면하게 되었다. 가지고 있는 지도가 후한 시대인 지금과는 너무나 차이가 심해 정확한 위치를 파악할 수가 없다는 것이었다. 그래서 그는 오로지 나침반이 가리키는 방위만을 믿고 힘들게 길을 걷고 있는 중이었다.

그리고 지난 10일 동안 제대로 마주친 사람이 없었다.

황건적을 만날까 봐 두려워 길은 피했고, 잠은 들판이나 산속에서 자야만 했기에 지금 있는 곳이 어딘지 알 길이 없었다.

꼬르륵!

꾸르륵!

산속을 걷는데 갑자기 배에서 요상한 소리가 들려오자 수현을 걸음을 멈췄다. 그는 목창을 부여잡은 채로 엉덩이를 뒤로 쭉 빼며 가쁘게 숨을 몰아쉬었다.

"하아… 하아……."

추위와 배고픔, 갈증에 탈진할 것만 같아 숨을 헐떡이는 것이었다.

마지막으로 음식을 먹은 것이 이틀 전이었다. 배에서는 먹을 것을 달라고 아우성이었지만 한겨울 야산에서 먹을 것을 구한다는 것이 쉬운 일이 아니었다. 주변에 민가라도 있다면 구해보겠지만, 보이는 것은 온통 눈 덮인 산이었다.

걷기가 너무 힘들어 그는 작은 바위를 찾아 그곳에 앉아서 쉬었다.

그렇게 수현이 바위에서 지친 몸을 쉬고 있을 때였다.

그는 눈치채지 못하고 있었지만, 그의 뒤로 6명의 사내들이 조심스럽게 다가가고 있었다.

그런데 그들은 황건적을 피해 숨어든 부랑자들이 아니라 병사들이었다. 은밀하게 움직이고 있는 모습을 볼 때 제대로 훈련을 받은 정예병이 분명해 보였다.

그들 중 선두에 있는 자가 천천히 바위에 올랐고, 나머지는 칼과 활을 든 채로 경계하였다.

그 병사가 수현에게 접근하다가 갑자기 달려들더니 그의 목에 시퍼런 칼을 들이대며 소리쳤다.

"움직이지 마!"

갑자기 등 뒤에서 사내의 굵은 음성이 들려왔고, 목에 시퍼런 칼날이 보이자 수현은 배고픔 때문에 주변을 감시하는 것을 게을리한 자신을 자책했다.

양팔을 치켜들자 누군가 다가오더니 목창을 뺏었다.

그러자 수현은 영화에서나 나올 법한 가죽 갑옷을 입은 병사들을 볼 수 있게 되었다.

병사 다섯이 수현에게 칼과 활을 겨누며 노려보았고, 그들 중 한 사람은 석궁처럼 생긴 것을 겨누고 있었다.

검을 들고 있는 한 사내가 수현에게 물었다.

"뭐 하는 자냐!"

"조장님, 황건적 놈들의 간세 같습니다."

"맞습니다, 죽여 버리지요."

"아니요! 나는 황건적이 아니요!"

"말투를 들어보니 북방 출신 같은데?"

"조장님, 황건적 놈들이 어디 지역 따져가면서 사람을 받아들입니까. 그냥 죽이자고요."

"나는 황건적을 피해서 여기까지 온 사람입니다. 정말입니다!"

"저기에 뭐가 들었지?"

그 조장이라는 사내가 검으로 수현의 배낭을 가리켰다.

등산용 배낭을 신기하게 바라보는 그들이었다. 그의 물음에 수현은 뭐라고 말을 해야 할지가 떠오르지가 않았다.

"야, 열어봐라."

조장의 지시에 한 병사가 배낭을 열었다. 조장은 안에 들은 것을 보고는 고개를 갸웃거렸다.

노트북과 디지털 카메라를 비롯하여, 처음 보는 형태의 옷들을 본 그는 이게 뭔가 싶었다.

그러면서 수현의 옷차림을 살폈다.

노란색 파카를 입고 있는 수현이었다. 괴상한 형태였지만 천민들이 입는 옷처럼 볼품없지도 않아 보였다.

조장은 저런 옷차림의 황건적은 본 적이 없었다.

"너 어디서 왔어!"

"나는 동쪽 출신이고, 장사꾼입니다."

"동쪽이라니?"

"여기서 동쪽으로 천 리 정도 가면 나오는 곳입니다. 그곳에서 상행을 왔다가 황건적에게서 겨우 도망쳤습니다."

"조장님, 그런 곳이 있습니까?"

"그걸 내가 어떻게 알아, 태수님께 데려간다. 포박해!"

조장의 지시에 그들은 수현을 밧줄로 단단히 포박했다.

배낭은 한 병사가 들쳐 멨지만 다행히도 허리에 있는 삼단봉은 놈들이 무기가 아니라고 판단을 했는지 그냥 두었다.

그렇게 수현은 병사들을 따라 어디론가 끌려갔다.

그들에게 끌려가면서 수현은 불안했지만, 시간이 흐르고 그들이 자신에게 딱히 위해를 가하지 않자 조금은 안심이 되어갔다. 그러나 기회만 있다면 언제든 도망칠 것이라고 다짐했다.

*   *   *

수현은 굵은 밧줄에 꽁꽁 묶인 채로 어디론가 끌려가고 있었다.

그는 해가 거의 저물 쯤에서야 커다란 성벽을 보게 되었다.

성벽은 족히 십여 미터는 되어 보이는 높이였고, 사람을 압도하는 커다란 성문 위에는 기와를 얹은 누각이 보였다. 그리고 그 누각의 현판에는 양평(良平)이라고 쓰여 있었다.

그것을 보고 수현은 자신이 끌려온 곳이 요동 지역의 양평이라는 것을 알게 되었다.

수현은 전쟁 포로처럼 양평성 안으로 끌려들어 가고 있었다.

마치 영화를 보는 듯한 풍경에 자신의 처지도 망각한 채 주변을 두리번거렸다.

성 안에 있는 사람들은 마치 고대 시대의 사람들처럼 복장과 머리 모양이 특이하게 보였다. 그리고 생각했던 것과 달리 양평성에 있는 가옥들은 대부분이 기와를 얹었고, 길바닥은 벽돌이 깔려 있어 번듯한 성내였다. 또한 거리 곳곳에는 초롱불이 걸려 있어 마치 이곳은 황건적의 피해가 전혀 없는 다른 세상처럼 느껴졌다.

'여기는 치안이 잘 유지되고 있나 보네……'

수현은 병사들에게 붙잡혀 이곳까지 오면서 자신이 과거로 와버렸다는 것을 확신했다.

그렇게 자신이 처한 현실을 받아들인 수현은 어떻게든 살아남기로 다짐을 했다. 왜 자신이 과거로 와버렸는지 원인을 밝히는 것보다는 살아남아서 집으로 돌아갈 수 있는 방법을 찾아보기로 한 거였다.

수현은 병사들과 함께 오는 동안 언젠가 심문을 받을 것이니, 그것에 대비해 어떻게 말을 해야 하는지를 구상했다. 말한마디 잘못하면 죽음이라고 생각을 하면서 병사들을 따라

성내를 걸었다.

거리는 사람들로 붐볐고, 그들의 옷차림이 깔끔한 걸 보니 황건적 때문에 어려움은 없어 보였다. 그렇게 어디론가 끌려가는데 갑자기 수많은 사람들이 모여 북새통을 이루는 곳이 나타났다.

'시장인가 보구나…….'

거리 양쪽에는 많은 상점들이 있었고, 여러 종류의 물품들이 진열되어 있었다.

왁자지껄한 시장 거리를 지나가는 동안 사람들은 포승줄에 단단히 묶여 있는 수현을 마치 동물원의 원숭이를 구경하듯이 바라보았다.

그렇게 좀 더 시장 안쪽으로 들어갔을 때였다.

무슨 일 때문인지 많은 사람들이 한곳에 모여 있는 것이 보였다.

수현을 이끌고 가던 조장은 무슨 일인가 싶어 그곳으로 발걸음을 옮겼다.

그러자 병사들은 수현을 데리고 그의 뒤를 따랐다.

"비켜!"

조장이 모여 있던 사람들에게 소리치자 사람들은 그를 보고는 양쪽으로 물러났다.

그들을 비집고 들어가는 조장은 무슨 일인지는 모르지만 무언가 일이 터졌다고 직감했다.

그렇게 인파들을 헤치고 앞으로 나아가자 월병이나 경단을 파는 노점 앞에 웬 어린아이가 누워 있었고, 주인으로 보이는 중년의 여인이 그 아이의 살피고 있는 것이 보였다.

"무슨 일이냐!"

조장의 물음에 놀란 그녀가 벌떡 일어났다.

"이 아이가 월병을 먹다가 갑자기 혼절을 했습니다."

"의원은?"

"방금 전에 제 남편이 데리러 갔습니다."

그녀의 말에 조장은 고개를 숙여 바닥에 누워 있는 사내아이를 바라보았다.

"아니! 소공자님!"

조장이 깜짝 놀라며 황급히 몸을 숙여 그 아이를 몇 번 부르다가 급히 뒤를 돌아보았다.

"너! 관아로 가서 태수님께 소공자가 위급하다고 전해라, 의원을 보내 달라고 전해!"

"예! 조장님!"

조장의 지시를 받은 한 병사가 어디론가 빠르게 내달렸다.

그리고 조장은 노점 주인을 매섭게 노려보며 말했다.

"이게 왜 이래! 왜 태수님 자제분이 여기서 이렇고 있어!"

"태수님 아들이라고요?!"

"어서 고하지 못해!"

"그, 그게 조금 전에 여기서 월병을 먹다가 이렇게 되었습니다. 정말입니다!"

"독을 탔나!"

"독이라니요! 아닙니다!"

구경꾼들은 지금까지 쓰러진 사내아이가 태수의 아들인 줄
은 모르고 있었다. 그러다가 조장이 하는 말에 모두들 노점
주인을 보며 고개를 흔들었다.

이유야 어찌 되었던 태수의 아들이 죽게 되었고, 노점 주인
이 살아남기는 틀렸다고 생각하는 그들이었다.

더구나 공포의 대명사로 유명한 태수 공손도라면 일말의 희
망조차 없다고 여겼다.

한편, 그런 모습을 곁에서 지켜보던 수현은 순간 기회란 생
각이 들었다.

'저 아이가 태수의 아들이라면 어떻게든 살려내야 한다.'

"이봐요, 쓰러진 지 얼마나 되었습니까!"

수현이 갑자기 소리치며 묻자 조장과 노점 주인이 동시에
바라보았고, 구경꾼들도 그를 바라보았다.

"그건 왜 묻는 것이냐!"

조장이 죽일 듯이 그를 매섭게 노려보았다.

진수현은 특전사 수색대 출신이었고, 웬만한 응급처치법을
알고 있었다. 또한 아이는 시간이 지날수록 위험해진다는 것
을 잘 알고 있었다.

"빨리 말해보세요! 얼마나 시간이 지났습니까!"

"바, 반각 정도는 되었을 겁니다."

그 여주인의 답에 수현은 맹렬히 머리를 굴렸다.

'1각이 15분이니, 반각이면 대략 5~6분이나 지났다!'

수현은 그 노점 주인이 말하는 것을 듣고는 그런 계산을 해냈다. 조금만 더 시간이 지나면 아이는 정말로 죽는다고 생각한 그는 다급하게 말했다.

"아이를 살리고 싶다면 이걸 풀어주세요! 한시가 급합니다!"

그는 조금만 더 지나면 돌이킬 수 없다는 생각에 소리쳤다.

그러나 병사들은 조장만 바라보았다.

조장은 다급한 상황이었지만 황건적의 간세일지도 모르는 자를 풀어주어도 될지 망설여졌다.

잠시 고민을 하던 조장이 물었다.

"의원인가?"

"지금 그것이 중요합니까! 어서 풀어주세요!"

"비켜요! 비켜!"

그때 구경꾼들 사이로 소리치는 사내의 음성이 들려왔다.

그 사내는 나이가 지극한 노인을 안으로 들어갈 수 있게 길을 열어주었고, 그 노인은 쓰러진 사내아이의 맥을 짚었다.

조장은 의원이 나타나자 초조한 눈으로 바라만 보았다.

잠시 맥을 짚어보던 의원이 고개를 흔들며 자리에서 일어났다.

"틀렸네, 벌써 죽었어."

"예?! 아이고, 나는 죽었네!"

"내가 살릴 것이니 이걸 풀어주시오!"

수현이 또다시 소리치자 구경꾼들이 그를 바라보며 놀란 표정을 내보였다. 의원이 죽었다고 선고를 했음에도 살릴 수 있다고 말하는 것이니 그럴 수밖에 없었다.

의원은 자신을 무시하는 자가 포승줄에 묶여 있는 것을 보고는 상황이 짐작되는지 소리쳤다.

"네놈이 누구기에 죽은 자를 살려낸다 말이냐!"

"풀어주어라."

조장은 지푸라기라도 잡는 다급한 심정으로 수현을 풀어주도록 했다.

병사들이 밧줄을 풀어주자 수현은 급히 쓰러진 아이에게로 가서 상태를 살폈다.

'네가 살아야 내가 살 수 있다!'

그런 생각을 하며 아이의 입을 벌려 상태를 확인하는 수현이었다.

이대로 끌려가면 자신은 황건적의 간세라는 누명을 쓰고 죽게 될 것이라고 여겼다. 그러니 태수의 아들이라는 이 아이를 살려야만 자신도 살 수 있었다.

수현이 아이의 상체를 일으켜 세우더니 뒤에서 껴안았다.

그러고는 있는 힘껏 깍지를 낀 손에 힘을 주고 끌어당겼다.

"어허!"

"허허."

"저, 저저!"

이런 응급처치법을 알지 못하는 구경꾼들은 수현이 취한 자세가 마치 남녀의 성관계를 나타내는 듯하자 민망해했다.

하지만 수현은 그러거나 말거나 관심조차 없었다. 그렇게 몇 번 힘을 주어 당기자 기도를 막고 있던 월병 조각이 입 밖으로 튀어나왔다.

"어! 뭐가 나왔다!"

그러자 구경꾼들은 수현이 하는 행동을 신기한 눈으로 바라보았고, 조금씩 기대 어린 눈빛으로 변해가기 시작했다.

그러나 그들의 바람과 달리 수현은 점점 초조해져 갔다.

이미 아이가 의식을 잃은 지 상당한 시간이 흘렀고, 응급처치를 했음에도 불구하고 여전히 호흡과 의식이 없었다.

급히 바닥에 아이를 눕히고는 심장에 귀를 가져다 댔지만 심장 소리는 들리지 않았다.

결국 수현은 아이 옆에서 양손을 포개더니 심장 부근에 두고 누르기 시작했다. 성인이라면 있는 힘껏 누르겠지만, 이제 열 살 전후로 보이는 아이인지라 더욱 신경이 쓰이는 그였다.

'하나, 둘, 셋······.'

그렇게 속으로 수를 세더니 이번에는 아이의 목을 받쳐 올린 후에 코를 막았다. 그러고는 크게 입을 벌렸다.

"후우~!"

깊게 숨을 들이마신 후에 아이의 입에다 공기를 넣어주는 수현이었다.

그런 모습에 구경을 하던 사람들이 경악을 하며 소리쳤다.

"아니! 저게 뭔 짓이야!"

"해괴망측하게 저게 뭔 짓이래."

"네 이놈! 당장 멈추지 못할까!"

조장은 시신을 욕보이려는 것으로 받아들이고는 수현에게 고성을 내질렀다.

그러나 수현은 그런 소리를 들은 척도 하지 않고 이번에는 심장 부근을 누르기 시작했다.

그렇게 같은 행동을 반복하자 그제야 사람들은 수현이 시신을 욕보이려고 하는 짓이 아님을 알게 되었고, 다들 말없이 그를 지켜만 보았다.

제3장
요동태수 공손도

그 무렵 조장이 관아로 보낸 병사가 태수를 데리고 왔다.

조장은 황급히 태수에게 가서 상황을 보고했다.

요동태수 공손도는 막내아들이 죽었다는 말에 대노했다.

그러면서 노점상 부부를 손으로 가리키며 명령을 내렸다.

"저 연놈들을 당장 포박하라!"

"아이고! 태수님 살려주세요!"

"저희들은 아무것도 모릅니다! 살려주세요!"

그러나 병사들은 부부의 외침을 깡그리 무시하며 두 사람을 단단히 포박했다.

태수는 침통한 표정으로 막내아들이 있는 곳으로 가려고

했다.

그런데 웬 이상한 옷을 입은 놈이 아들에게 해괴망측한 짓을 하고 있는 것이 보이자 다시 소리를 쳤다.

"저놈이!"

태수의 외침에도 수현은 자리에서 움직이지 않고 그 사내아이를 살리려고 노력했다.

"뭣들 하느냐! 저놈을 당장 붙잡지 않고!"

그러자 태수 곁에 있던 작은 키의 노인이 말했다.

"지켜보시지요."

"선생, 저놈이 내 아들을 욕보이고 있지 않소!"

"하는 모습을 보니 소공자를 어떻게든 살리려고 하는 것 같습니다."

"저게 살리려고 하는 것이요! 시신을 욕보이려는 것이지!"

태수가 대노하며 막 수현에게 가려고 하던 순간이었다.

"케! 켁!"

갑자기 그 아이가 벌떡 몸을 일으키더니 켁켁거렸다.

그러자 구경꾼들이 놀라 소리쳤다.

"살았다! 살아났어!"

"세상에 죽은 사람을 살려내다니!"

구경꾼들은 죽었다고 생각했던 태수의 아들이 켁켁거리면서 정신을 차리자 경악을 했다.

그에 태수와 그의 곁에 있던 노인이 다급하게 아이에게 달려갔다.

수현은 숨을 몰아쉬는 아이를 보며 차분하게 말했다.

"내 손가락을 보면서 눈동자를 움직여 볼래."

그러면서 아이의 눈앞에서 집게손가락을 천천히 움직였다. 다행히 아이가 정상으로 보이자 이번에는 일으켜 세웠다.

"저기까지 천천히 걸어갔다가 돌아와 봐."

태수의 막내아들은 수현의 말처럼 천천히 걸어갔다가 되돌아왔다.

"다행이다, 뇌를 다치지는 않았구나. 앞으로는 천천히 먹어라."

"예, 감사합니다."

수현이 환하게 웃으며 말하자, 태수의 막내아들이 그에게 깊이 허리를 숙여 보였다.

아이는 의식이 점점 흐릿해져 가는 순간에 죽음의 공포를 느껴야만 했다. 그러다가 이처럼 다시 살아났으니 자신도 모르게 눈물이 주르륵 흘러나왔다.

"애야!"

"아버지!"

태수는 죽었다는 막내아들이 멀쩡히 걷는 모습을 보자 감격하여 아들을 품에 꼭 끌어안아 주었다.

"이놈아, 왜 시전에 혼자 나와."

"죄송해요."

"다행이다, 천만다행이다."

태수는 아들이 죽었다 살아난 것에 감정이 격해져 눈물을 글썽였다.

그렇게 아이를 품에 안아주는데 갑자기 아들이 이상한 소리를 냈다. 태수는 놀라서 아이를 바라보았다.

"하… 하아… 하……."

"얘야! 소야! 왜 그러느냐!"

"하아… 하아……."

아이는 부친의 부름에도 숨이 쉬어지지가 않아 말을 할 수가 없었다.

태수가 급히 뒤를 돌아 함께 온 노인을 부르려고 하는 순간이었다.

그러나 수현이 먼저 태수에게 다가갔다.

"제가 아이를 살펴보겠습니다."

그러면서 아이를 빼앗다시피 하자 태수는 얼떨결에 아들을 내어주고 말았다.

수현은 아이가 숨을 몰아쉬기만 할 뿐 제대로 호흡이 되고 있지 않다는 것에 뒤에 있던 병사에게 소리쳤다.

"그 가방 이리 주세요!"

배낭을 메고 있었던 병사가 가져다주자 수현은 급히 배낭을 뒤져 속옷을 담아두었던 비닐팩을 꺼냈다.

그러고는 비닐팩을 그 아이의 입에 가져가면서 말했다.

"괜찮아, 아저씨를 믿고 천천히 숨을 쉬려고 해봐."

수현의 말에 아이는 비닐팩에 입을 대고 숨을 쉬었고, 시간이 조금 지나자 서서히 안정된 모습을 보였다.

그렇게 아이의 호흡이 안정되자 그제야 비닐팩을 치우는 수현이었다.

그러자 태수가 다급히 물었다.

"이제, 괜찮은 것이냐?"

"예, 놀라서 그런 것입니다."

"휴우, 십년감수했어. 이놈이 오늘 아비를 몇 번이나 죽였다가 살리는구나."

그러면서 태수는 막내아들을 품에 꼭 안아주었다.

잠시 아들을 안아주다가 일어선 태수가 조장에게 물었다.

"저자는 누구더냐?"

"그게……."

조장이 망설이는 기색을 보이자 태수는 사람들이 많은 곳에서 할 말이 아닌 것으로 파악을 하고는 관아로 돌아간다고 명령을 했다.

병사들에게 에워싸인 수현은 다행히 포승줄 신세는 면했다.

"수고했다, 네 덕분에 태수님 아들이 살았다."

조장은 수현이 너무나 고마워 그처럼 소리 죽여 말했다.

그는 태수의 아들을 살린 수현이 황건적의 간세가 아니라는 확신이 들었지만, 모든 판결은 태수의 결정에 따르기 때문에 지켜볼 수밖에 없었다.

수현은 잔뜩 긴장한 모습으로 태수의 뒤를 따랐다.

함께 움직이고 있는 병사들의 조장에게 태수에 대한 것을 묻고 싶었지만 두려운 마음에 그럴 수도 없었다.

그런 태수 공손도는 수현의 마음을 아는지 모르는지 느긋하게 움직이는 마차를 타고 움직였다. 그는 옆자리에 있는 어린 아들에게 눈길을 주며 살피다 맞은편에 있는 노인에게 물었다.

"원화 선생, 저자가 의원 같습니까?"

"글쎄요. 이제 약관을 넘긴 나이 같은데… 저런 의술은 저도 처음 봅니다."

"그래요? 선생께서 처음 보시는 의술도 있습니까?"

"누군지는 모르지만 대단한 사람이지 않습니까? 죽었다는 의원의 진찰이 있었음에도 소공자를 살려내지 않았습니까."

"그러기는 한데 생김새도 그렇고 옷차림도 괴상하지 않습니까?"

"그렇기는 하군요, 짧은 머리에 저런 옷도 처음 보는군요."

"선생께서 몇 가지 하문을 하시어 의원인지 알아봐 주실 수 있겠습니까?"

"그렇게 하겠습니다."

160㎝가 겨우 넘어 보이는 작은 키에 온화한 인상. 원화 선

생으로 불린 노인은 그 유명한 화타였다. 명의로 그 이름이 널리 알려져 건안삼신의(建安三神醫)로 칭송을 받았다. 화타는 조조에게 억울한 죽임을 당할 때까지 행의(行醫)로 활동했다.

지금 화타 그는 이곳 요동태수 공손도에게 잠시 몸을 의탁한 상태였다. 태수와 화타는 이런저런 얘기를 나누었고, 마차는 어느 한 건물 앞에서 멈췄다.

*   *   *

한편, 수현은 양평 성내에 있는 관청의 조당에서 태수가 나타나기를 기다렸다.

조당에는 문무관리들이 모두 참석해 있었고, 그들은 수현을 보면서 옆 사람과 수군거렸다.

그들이 자신을 두고 무어라 말을 하는 것이 들렸지만 수현은 관심조차 두지 않고, 조당에서 불안한 모습으로 태수가 나타나기를 기다렸다.

잠시 기다리자 관복 차림의 공손도 태수가 조당의 옆문으로 들어와 자리로 가서 앉았다.

"꿇어라!"

관리 하나가 진수현을 보며 소리쳤고, 그에 수현은 황급히 차디찬 조당의 돌바닥에 무릎을 꿇었다.

그러자 태수 공손도가 근엄한 말투로 말했다.

"너는 듣거라, 여기는 조당이니 이제부터 하는 말은 모두 기록이 될 것이다. 그러니 한 치의 거짓이 있으면 아니 될 것이다. 만약 거짓이 차후에라도 밝혀진다면 중벌을 면치 못할 것이다. 알겠느냐!"

"예, 태수님."

"너는 누구냐?"

"제 이름은 진수현이라고 합니다. 저는 이곳에서 동쪽으로 천 리 정도 떨어진 곳에서 왔습니다. 상행 길에 나섰다가 황건적을 만나 겨우 피신하게 되었습니다."

수현을 잠시 지켜보던 태수가 무관들이 모여 있는 곳을 바라보며 소리쳤다.

"조장!"

"예, 태수님."

"너는 왜 저자와 함께 성안으로 들어왔느냐?"

그러자 조장이 그간의 일들을 자세히 말했다.

그는 수현이 황건적의 간세인 줄로 알고 붙잡았지만, 오늘 일을 보니 자신이 오해를 했다고 솔직하게 말했다.

그러자 공손도 태수는 다시 수현을 바라보았다.

"진수현, 너는 동이 출신이더냐?"

수현은 태수가 자신에게 동쪽의 오랑캐냐고 묻자 순간 욱하고 화가 치밀었다.

그러나 자신의 처지가 절벽에 매달린 상태라는 것을 알기에 내색하지 않고 공손히 답을 했다.

"예, 저는 그곳에서 왔습니다."

"황건적은 어디서 만났더냐?"

"여기서 남쪽으로 열흘 이상 내려가면 바다가 나옵니다. 그 근처에서 만났습니다. 그곳에서 일행들은 모두 죽고 저만 간신히 도망쳤습니다."

'대련이구나……'

진수현의 설명에 공손도 태수는 그곳이 대련이라는 판단을 내렸다.

태수는 남쪽 바닷가라면 자신의 힘이 미치지 못하는 곳이란 생각을 했다. 행정구역상으로는 대련이 요동태수의 관할이었지만, 너무나 오지인지라 자신의 영향력이 미미하다고 여겼다.

황건적이 난을 일으키고 조정의 토벌에 당한 후 패잔병들이 각지로 뿔뿔이 흩어졌다. 그러기에 태수는 수현이 남쪽에서 만났다는 황건적이 패잔병들이라고 추측을 했다.

그때 갑자기 후원의 시녀가 다급하게 조당 안으로 들어왔다.

"태수님, 소공자께서 이상하십니다."

"그게 무슨 소리냐!"

"제대로 숨을 쉬지도 못하시고 괴로워하십니다."

그 말에 태수는 자리에서 벌떡 일어나 수현을 보며 소리를 쳤다.

"너는 나를 따라오너라!"

그처럼 소리치더니 조당을 나서는 태수였다. 자리에 배석해 있었던 화타도 그를 따라갔다.

수현도 배낭을 들고 공손도 태수를 따라 내달렸다.

몇 개의 전각을 지나 후원의 내당에 도착하자 태수는 벌컥 문을 열고 들어갔다.

태수는 침상에 누워 있는 막내아들이 헉헉거리며 괴로워하자 뒤를 돌아보며 소리쳤다.

"서둘러라!"

그러자 수현은 배낭에서 비닐팩을 꺼내 그 아이의 입에 가져다 댔다.

"태수님, 누구인지요?"

침상 곁에서 막내아들을 지키고 있었던 태수의 부인은 수현이 나타나자 놀라서 물었다. 그녀는 당연히 의원 화타가 아들을 보살펴 줄 것이라고 생각했었다. 그런데 기괴한 옷차림의 사내에게 아들을 맡기는 남편인지라 놀란 표정을 여실히 드러냈다.

"소를 살렸던 자이니 한번 맡겨봅시다."

"아!"

공손도 태수의 부인은 남편의 말이 무슨 뜻인지를 금세 파악했다.

막내아들이 자랑 삼아 오늘 있었던 일을 얘기하고 있을 때였기에 그녀는 수현이 누군지 금방 알게 됐다.

내실에서 막내의 이야기에 빠져 있었던 태수의 자제들도 신기한 표정으로 수현이 하는 모습을 바라보았다.

수현은 태수의 막내아들이 비닐팩에 입을 대고 심호흡을 하는 것을 바라보며 안정이 되기를 기다렸다.

시간이 흐르고 차츰 호흡이 안정되자 속으로 안도의 한숨을 내쉬는 태수였다.

수현이 비닐팩을 거둬내며 자리에서 일어나자 공손도 태수가 물었다.

"괜찮은 것이냐?"

그러자 수현은 영화에서 보았던 것처럼 양손을 포개어 앞으로 내밀었다.

'살아남아야 집으로 돌아갈 수 있다.'

수현은 자신이 살아남기 위해서는 무슨 짓이든 해야만 한다고 생각하며 입을 열었다.

"태수님의 자제분은 오늘 죽음의 문턱에 갔다가 간신히 살아 돌아왔습니다."

수현의 말에 태수를 비롯한 가족들은 심각한 표정으로 변해갔다.

막내에게서 들을 때는 실감이 되지 않았는데, 막상 일이 닥치고 보니 수현의 말이 두렵기까지 하였다.

"그럼 그 일과 관련이 있다는 것이더냐?"

"예, 태수님. 비록 자제분이 살았다지만 분명 죽음의 공포를 느꼈을 것입니다. 성인들도 참기 힘든 고통을 겪다 보니 정신적으로 불안 증세가 나타납니다. 그러기에 이처럼 숨을 제대로 쉴 수가 없습니다."

"그럼 앞으로도 이런 일이 계속 일어난다는 것이냐?"

"시간이 지나면 괜찮아질 것이지만, 당분간은 그럴 것입니다."

"그럼 어떻게 해야 하느냐?"

"이걸 드리겠습니다."

그러면서 수현은 손에 들고 있던 비닐팩을 내밀었다.

태수는 수현이 내미는 비닐팩을 받아서 천천히 살펴보았다.

수현이 살았던 현대사회에서야 흔하디흔한 비닐 제품이었지만, 2세기를 살아가고 있는 공손도 태수에게는 신비로운 기물이나 다름이 없었다.

'매끈한 것이 이렇게 투명하다니……'

잠시 비닐팩을 살피던 태수가 고개를 들어 수현을 바라보았다.

"이게 무엇이냐?"

"제 가문에서만 제조할 수 있었던 기보입니다."

공손도 태수는 수현이 마치 지나간 옛일을 말하듯이 얘기하자 물었다.

"그게 무슨 말이냐? 그럼 지금은 네 가문이 없어졌다는 말이더냐?"

"저는 오래전 동쪽에 있었던 조선이라는 나라의 왕족이었습니다. 지금은 제가 살았던 지역에 한나라의 조정에서 군현을 설치하였습니다."

수현은 일말의 망설임도 없이 거짓말을 내뱉었다.

지금 수현에게 거짓말을 했다는 죄책감 따위는 없었다. 어떻게든 이 난국을 벗어나야만 한다는 일념으로 똘똘 뭉쳐 태수의 질문에 답하기에 급급했다.

"흐음… 네 말만을 듣고 어떻게 네가 망국의 왕족이었다는 것을 믿겠느냐?"

"그러시면 제 가문의 징표를 보여 드리겠습니다."

그러면서 수현이 입고 있던 파카의 왼쪽 팔뚝에 있는 부적포를 잡아당겼다.

찌익!

요란한 소리가 울렸다. 수현은 지퍼를 열어 안에 보관하고 있었던 자신의 여권을 태수에게 내밀었다.

그러자 내실에 있던 시녀 하나가 그것을 받아 태수에게 공손히 바쳤다.

여권을 받아 천천히 살피는 태수에게 수현은 부연 설명을 했다.

"그것은 제 가문을 상징하기도 하지만 저의 신분을 나타내는 신패입니다. 이제는 사라진 가문이지만 그것만은 소중히 간직해 오고 있었습니다."

태수는 여권을 펼쳐보았다.

그는 의미를 알 수 없는 글자보다는 실물과 똑같이 그린 작은 그림에 놀라고 말았다.

'이렇게 정교한 그림이 있다니……'

내색은 안 하지만 속으로 많이 놀란 공손도 태수가 옆으로 고개를 돌렸다.

"원화 선생도 한번 보시오."

그러면서 함께 있던 의원 화타에게 여권을 내밀었다.

여권을 살펴본 그도 태수와 같은 반응이었다.

"놀랍습니다, 이처럼 작은 그림을 실물처럼 그리다니요."

태수는 그것을 수현에게 돌려주면서 말했다.

"보아하니 예사 물건이 아닌 것 같다. 정교한 그림까지 있는 것을 보니 네 신분이 낮지 않다는 것을 알 것 같다. 그런데 가문이 사라졌다는 것은 무슨 뜻이냐?"

"저는 망국이 되어버린 왕조의 후손인지라 고향을 떠나 이곳에서 정착을 하려고 했습니다. 그런데 그만 황건적을 만나 간신히 저만 살아남았습니다."

"나이는?"

"스물하나입니다."

수현의 실제 나이는 30살이었다.

그러나 그는 자신이 동안이라 어려 보이기에 괜히 실제 나이를 밝혔다가는 또 다른 의심을 받을 수 있다는 생각이 들어 그처럼 거짓말을 했다.

내실에 있던 사람들은 수현이 이제 갓 약관을 넘긴 것으로 보았기에 이상하게 여기지 않았다.

"지필묵을 차비하라!"

태수의 명에 시비들이 탁자에 지필묵을 준비했다.

그러면서 태수는 수현을 탁자에 앉도록 했다.

"아무리 이것이 있다고 하여도 네 말을 모두 믿기에는 부족하다. 왕족이라면 당연히 문자를 알 것이다. 써보거라."

태수의 말에 수현은 붓을 들어 먹물을 묻혔다.

'이 시기에 글을 아는 사람들은 극소수이니 당연한 것이겠지.'

수현은 태수의 치밀함에 놀라면서 글을 쓰기 위해 죽편에 붓을 가져갔다.

'아! 지금은 고대 문자로 써야 하는구나.'

순간 큰 실수를 할 뻔했다고 생각하며 천천히 붓을 놀리기 시작하는 그였다.

그렇게 수현은 고대 문자로 '조선국태평왕부진수현'이라고 글을 써내러 가더니 태수에게 보였다.

"조선국 태평왕부 진수현이라… 문자를 아는 것을 보니 더 이상 의심할 필요가 없을 듯하구나."

"상공."

지금까지 말없이 지켜보았던 아내의 부름에 태수는 고개를 돌려 바라보았다.

"하실 말씀이 있으시오?"

"들어보니 저 청년이 우리 막내를 구해주었습니다. 그러니 은혜를 갚아야지요."

비록 아름다운 여인은 아니지만 지혜롭고, 현명한 부인 유씨의 말에 고개를 끄덕이며 말하는 태수였다.

"그렇군, 내 미처 경황이 없어 그것을 잊고 있었군. 진수현은 들으라."

"예, 태수님."

"네 공을 치하하는 뜻에서 원하는 것이 있다면 들어주겠다."

"저는 이제 사고무친인지라 오갈 곳이 없는 처지입니다, 이곳에서 살아갈 수 있도록 선처를 해주신다면 감사하겠습니다."

"상공, 그럼 관사 객청에서 지내게 하시지요. 아들을 구해준 이를 관사 밖으로 내보낸다면 대인의 명성에 누가 될 것입니다."

공손도 태수는 아내의 말이 맞다 싶었다.

자신이 진수현을 내친다면 주변 사람들이 좋은 소리를 할

리가 없다 싶었다.

"너에게 별채를 내어주마, 앞으로 그곳에서 지내도록 하여라."

"감사합니다, 태수님."

"오늘은 이만 가서 쉬고, 내일 오시 초에 여기로 와서 함께 식사나 하도록 하자."

"예, 그렇게 알고 내일 오시 초에 오겠습니다."

"여봐라, 진 공자를 별채로 안내하여 극진히 모시거라."

그렇게 수현은 시비를 따라 내실을 나갔다.

그러자 태수의 아내 유씨가 막내아들을 자애로운 눈빛으로 바라보며 말했다.

"상공, 진 공자가 아니었다면 우리 막내를 다시는 못 볼 뻔 하였습니다."

"어머니, 그런데 참으로 해괴망측하게 생겼습니다."

이제 열여섯이나 열일곱 정도로 보이는 소녀가 그처럼 말하자 고개를 끄덕거리며 말하는 태수 부인이었다.

"그렇구나, 동이 출신이라더니 그래서 그런 것인가?"

"원화 선생."

"예, 태수님."

"진 공자를 보니 어떻습니까?"

"비록 동이 출신이라지만, 하는 말에 기품이 자연스럽게 묻어나오더군요. 진실인 것 같았습니다."

"저도 그렇게 보았습니다, 그럼 앞으로 진 공자를 어떻게 한다."

"상공, 진 공자가 왕족이라지만 이미 망국이 되었다고 하니 그것은 주변에 밝히지 마시고, 우선은 간단한 일부터 맡겨보시지요."

"그러는 것이 좋겠군, 너희들은 그만 처소로 가서 쉬거라."

"예, 아버님."

큰딸과 장남을 내보내고 태수는 침상에 누워 있는 막내아들을 바라보았다.

"소야, 진 공자의 말을 들었지?"

"네, 아버지."

"너는 죽음의 문턱에서 살아왔다. 힘들 때면 이것으로 진 공자가 해주었던 것처럼 하면 된다."

그러면서 비닐팩을 아들의 손에 쥐어주는 태수였다.

"상공, 이런 것은 처음 봅니다."

"나도 그렇소. 아! 황숙이신 장인어른이라면 이런 것을 보시지 않았을까?"

"아버님이 황숙이시라지만 저런 것이 있다고 하신 말씀은 듣지를 못했습니다."

"선생도 그러하시오?"

"예, 저도 이런 것은 처음 봅니다."

"그럼 진 공자의 말대로 그자의 가문에서만 만들 수 있는 기보인가 보군."

"소야, 그것을 언제나 몸에 지니고 다녀야 한다. 그것이 네 생명을 구해줄 것이다."

"예, 어머니. 소중히 간직하겠습니다."

"이놈아, 다음부터 저잣거리에는 절대로 혼자 나가지 말거라. 황건적 패잔병들이 성으로 들어올 수 있다고 누누이 말하지 않았더냐!"

부친의 호통에 시무룩하게 표정이 변하는 그의 막내아들이었다.

그러자 태수의 아내는 아들의 손을 잡고서 인자한 미소로 손등을 토닥거리며 위로해 주었다.

제4장
새로운 삶

　한편, 수현은 시비를 따라서 어디론가 향하고 있었다.

　등산용 배낭을 멘 채로 서너 걸음 뒤에서 이제 열대여섯 정도로 보이는 시비를 따라가던 수현은 앞날이 불안하기만 했다. 살아남기 위해서 고조선의 왕족이라고 속였으니, 행여나 발각이 될까 너무나 두려운 그였다.

　그러나 한편으로는 불안감을 달래기 위해 마음을 다잡았다.

　'정신 차리자, 지금은 그런 걱정보다는 살아남아야 한다.'

　수현은 자신이 중국 대륙 역사상 몇 손가락 안에 꼽힐 정도로 극도로 치안이 불안한 시대에 와버렸다고 생각했다.

그의 생각처럼 지금은 중국의 후한 시대였다.

수천 년이라는 시간이 흘러도 많은 사람들에게서 사랑받고 있는 삼국지의 배경이 후한 시대였다.

이 시기 중국 대륙은 거리에 사람이 죽어 백골로 변한 모습을 쉽게 볼 수 있을 정도였고, 유랑민과 도적들이 도처에서 출몰하였다.

이토록 사회가 극도로 불안하다 보니 인구가 급감할 정도였다.

후한 말기의 인구는 대략 5천만 명이었지만 위, 촉, 오 삼국 간의 끊임없는 전란으로 인해 삼국의 인구는 천오백만 명으로 급감하게 되었다.

수현은 앞으로 수십 년간 전란의 시대가 될 것이라는 것을 알기에 답답하고, 막막한 심정이었다.

한국에 있을 때 2년간 중국으로 어학연수를 다녀왔었던 그였다.

그때 수현은 중국인 학생들과 빠르게 친해지려고 많은 노력을 했었다. 그리고 그 노력의 하나가 삼국지를 읽는 거였다.

중국인들은 유달리 삼국지를 좋아했다.

일개 무장에 지나지 않았던 관우를 사후에 황제의 반열인 관제로 부르는 중국인들이었다. 그런 사실 하나만으로도 중국인들이 얼마나 관우를 사랑하고, 삼국지를 좋아하는지 잘 나타나 있었다.

그러기에 수현은 어학연수 시절에 삼국지를 몇 번이나 탐독했고, 중국인 학생들에게 재미있게 이야기를 들려주었다. 그 덕분에 무난하게 많은 친구를 사귈 수 있게 되었다.

귀국을 하고 많은 시간이 흘렀다 보니 지금은 삼국지의 내용이 정확히 기억나지는 않았지만 그래도 나름의 대비책이 떠올랐다.

"진 공자님, 여기입니다."

시비가 담장으로 가려져 있는 문 앞에서 그처럼 말하자 수현은 급히 상념에서 벗어났다.

그녀가 문을 열고 안으로 들어가자 그도 따라서 안으로 들어갔다. 그러면서 주변을 두리번거렸다.

별채는 신분이 높은 사람이 방문했을 때 지내는 곳인 것 같았다. 네모반듯한 평석이 깔려 있었고, 이름 모를 조경수들이 잘 가꾸어져 있는 정원이 눈에 들어왔다.

수현은 그녀를 따라 평석 위를 걸으면서 안으로 들어갔다.

정원을 가로지르는 냇물이 보였고, 나무로 만든 아치형 다리를 지나자 기와를 얹은 별채가 눈에 들어왔다. 담홍색으로 칠한 별채 전각은 신축 건물처럼 좋아 보였다.

그리고 별채 앞뜰에는 커다란 연못이 있었고, 수양버들 한 그루가 있었는데 지금은 한겨울이라 앙상한 가지만 보였다.

"여기가 앞으로 진 공자님께서 지내실 별채입니다."

그러면서 시녀가 문을 열어주었고 그는 뒤따라 안으로 들어갔다.

그녀가 가지고 있던 유등으로 방 안을 돌아다니며 촛불을 밝히자 그제야 실내가 환해졌다.

입구를 막고 있던 나무로 만든 가림막을 지나 방 안쪽으로 들어가자 침상이 보였다. 침상 근처에는 원형 탁자가 있었고, 바닥을 평석으로 마감한 것이 눈에 들어왔다. 또한 한쪽 벽면에는 청동 장식물이 진열되어 있었다.

"진 공자님, 필요하신 것이 있으신지요?"

시녀의 물음에 그는 장식물을 보다가 뒤를 돌아보았다.

"말씀 편하게 해주세요, 저는 여기 식객입니다."

"그러면 저희들이 벌을 받습니다."

'아! 여기는 한국이 아니지.'

수현은 다시금 이곳이 철저한 신분 사회인 후한 시대라는 것을 상기하면서 이런 것도 적응이 되어야 한다고 생각하며 말했다.

"먹을 것이 있을까? 며칠 동안 제대로 먹지를 못했어."

"최대한 빨리 준비를 하겠습니다."

그녀는 인사를 하더니 방을 나갔다.

수현은 그제야 등에 메고 있는 배낭을 탁자 위에 내려두었다.

그러고는 의자를 빼내 앉았다.

"이제 어떻게 해야 하나……."

어떻게 하다 보니 태수의 식객이 되어버렸다. 당장에 갈 곳이 없다 보니 앞으로 이곳에서 지내야 할 것 같았지만 불안한 것은 사실이었다.

수현은 파카 주머니에서 스마트폰을 꺼내 시간을 확인했다.

스마트폰은 저녁 8시를 나타내 주고 있었다.

"앞으로 뭘 하면서 살아가야 하지……."

당연히 고향으로 돌아가고 싶었다.

부모님이 자신이 실종되었다는 것을 안다면 얼마나 상심이 크실지 알기에 하루라도 빨리 이 끔찍한 악몽에서 벗어나고 싶었다.

그러나 그런 것이 부질없다는 것에 한숨만 나왔다.

막막한 현실에 땅이 꺼져라 한숨을 내쉬다 불현듯이 떠오른 것이 있었다.

"그 동굴로 돌아가면 고향으로 갈 수 있지 않을까……."

그는 자신이 지진을 피해 뛰어들었던 그 동굴에 가면 원래의 시대로 돌아갈 수 있는 방법을 찾을 수 있지 않을까 하는 생각에 고민에 빠져들었다.

천천히 지나온 일들을 되돌아보니 그곳을 떠나 10여 일을 무조건 북쪽으로 걸었다. 일직선으로 걸은 것이 아니기에 자신이 어떻게 이곳으로 왔는지도 모르겠고, 그 때문에 돌아갈 길이 막막했다. 그나마 다행이라면 자신이 출발했던 그 동굴이 대런 근처에 있다는 거였다.

"대런 근처까지만 갈 수 있다면 그 동굴을 찾을 수도 있을 것 같은데……."

대런에서 출발했으니 그곳에 간다면 동굴을 찾을 수 있을 것으로 보았다.

그러나 황건적 패잔병들이 곳곳에 나타나니 도저히 혼자서는 갈 수가 없는 상황이었다.

"진 공자님."

갑자기 밖에서 들려온 시녀의 음성에 수현은 탁자에서 일어나 문으로 향했다.

문을 열어주자 시녀와 함께 다른 아이 둘이 보였다.

"이 둘이 앞으로 진 공자님을 모실 겁니다."

그 시녀의 말에 따라온 둘이 수현에게 말없이 인사를 했다. 시녀가 돌아가자 안으로 들어온 여자아이는 대나무로 만든 찬합을 탁자에 올려두었다. 그러면서 수현이 먹기 편하게 펼쳐두었다.

그녀는 빠르게 준비를 끝내고 탁자에서 몇 걸음 물러나더니 입을 열었다.

"진 공자님, 이 아이는 제 동생입니다. 앞으로 저와 동생이 진 공자님을 모시라는 총관의 지시에 이렇게 데려왔습니다."

그러자 사내아이가 수현에게 꾸벅 인사를 해왔다.

"이름이 어떻게 되지? 나이는?"

"제 이름은 보영이고, 나이는 열일곱입니다."

"저는 이평이고, 나이는 열셋입니다."

"앞으로 잘 지내보자."

"예, 진 공자님."

수현은 먹을 것이 보이자 허겁지겁 먹기 시작했다.

그러자 둘은 밖으로 나갔고, 잠시 후에 돌아왔을 때는 숯이 담긴 청동화로를 들고 있었다.

수현은 멍하니 별채의 시녀 보영이 분주하게 움직이는 것을 지켜보고 있는 중이었다.

보영은 동생과 함께 별채 구석구석에 화로를 두었고, 침상 밑에 있는 작은 문도 열어 화로를 두었다.

'캉이네. 이 시대에도 저런 게 있었구나.'

수현은 두 사람이 화로를 침상 아래에 두는 것을 보면서 생각에 빠져들었다.

중국은 한국의 고유한 난방 방식인 구들이 없었고, 캉이라고 부르는 침상과 연결된 화덕에 불을 때거나 간접 방식으로 난방을 하는 것이 전부였다.

그렇게 별채를 정리하자 보영과 그녀의 동생은 밖으로 나갔다.

그러나 돌바닥에서 냉기가 폴폴 올라오고 있는 것이 느껴질 정도였다.

실내에서 한겨울의 싸늘한 냉기가 느껴지자 수현은 벌써부터 한국의 온돌이 그리워지는 것을 애써 참으며 마저 식사를 했다.

그가 마파람에 게 눈 감추듯 식사를 끝내자, 어느새 안으로 들어와 기다리고 있던 보영이라는 시녀가 다가와서 작은 자기에 물을 따라주었다.

쪼르륵!

쪼르륵!

'한국은 유기, 중국은 자기, 일본은 목기라고 하더니……'

수현은 물을 마시면서 아직은 도자기를 만들지 못하는가 하고 생각했다. 자신의 손에 들린 작은 자기는 마치 한국에서 보았던 옹기처럼 투박한 생김새였다.

"동생은?"

"화로에 쓸 숯을 준비하고 있습니다."

"수고하였으니 그만 가서 쉬어라."

"예, 앞으로 저희들은 별채 옆에 있는 작은 집에서 지냅니다. 필요하신 것이 있으면 저기 있는 줄을 당기시면 됩니다."

그러면서 시녀 보영은 한쪽 벽기둥에 늘어져 있는 굵은 줄을 가리켰다.

수현이 고개를 끄덕거리자 공손히 인사를 하고는 밖으로 나가는 그녀였다.

홀로 남게 되자 수현은 배낭을 탁자에 올려두고 노트북을 꺼냈다.

"이거라도 있으니 다행이네."

수현은 노트북을 작동시키면서 태양광 충전기를 가져온 것이 정말로 운이 좋았다고 생각했다. 어떻게 보면 이런 세상에 와버렸으니 운이 없는 것이겠지만, 지금은 이렇게라도 마음 편히 노트북을 사용할 수 있다는 것만으로도 감사했다.

부팅이 끝나자 수현은 독서 프로그램을 실행시켰다.

윈도우 폴더를 열자 그동안 자신이 수집한 책들의 스캔본이 보였다. 구입한 전자책 목록 중에서 삼국지가 보이자 그는 그것을 클릭해서 열었다.

삼국지는 모두 10권으로 되어 있었고 그는 1권을 천천히 읽어갔다.

"앞으로 다가올 일은 반동탁 연합이구나……."

수현은 만약 황건적이 토벌을 당했다면 지금은 동탁이 정권을 잡고 있을 시기라고 추측을 했다. 그럼 곧 조조에 의해서 동탁을 죽이기 위한 반동탁 연합이 창설될 거라고 생각했다.

"지금이 정확히 어느 시기인지부터 알아야 하는데. 물어볼 수도 없으니."

장삿길에서 황건적을 만났다고 하였는데, 지금이 어느 시기냐고 물어본다면 당연히 의심을 받을 것 같아서 수현은 그런 것을 묻지도 못했다.

침상의 이불 속으로 들어가 노트북을 바라보던 수현은 앞으로의 계획을 천천히 만들어갔다.

*   *   *

다음 날, 별채 옆에 있는 작은 가옥.

꼬끼오~!

꼬끼오!

수현이 머무는 별채의 시녀로 배정받은 보영은 새벽닭이 울자 눈을 떴다.

잠에서 깨기 위해 잠시 멍하니 있던 보영은 옷매무새를 만지고, 머리를 단정하게 묶었다. 그러더니 옆에서 자고 있는 동생 이평을 흔들어 깨웠다.

"평아, 그만 일어나."

"조금만 더."

"당장 일어나래도!"

보영의 나이 이제 열일곱 살이라지만 이평에게는 부모나 다름없는 존재였다. 그러기에 이평은 누나의 호통을 듣고 겨우 침상에서 몸을 일으켰다.

보영은 열세 살의 어린 동생이 측은하였지만 서둘러야 한다고 생각했다.

"하아아암!"

"가서 별채에 불부터 넣어."

"알았어."

동생이 일어나 터벅터벅 걸어가는 것을 지켜보던 보영은 자신이 모시게 된 진 공자가 해괴하게 생겼지만 나쁜 사람으로는 보이지 않아서 안심이 되었다.

별채 시녀로 배정받는 것은 태수부에서 일하는 모든 시녀들이 바라는 일이었다. 별채에서 지내는 손님이라고 해도 많아야 일 년에 서넛이었고, 그러다 보니 다른 곳에 비해서 일이 편했다.

다른 것은 신경 쓰지 말고 진 공자만 모시면 된다는 총관의 말에 보영은 기뻐하며 운이 좋았다고 생각했다. 그러나 진 공자의 시중드는 일을 게을리했다가는 본채로 옮겨갈 것이고, 그러면 또다시 힘든 생활을 해야만 할 터였다.

그런 생각이 들자 그녀는 몸을 부르르 떨며 고개를 흔들어 댔다.

"어떻게든 여기서 오래 버텨야지."

그렇게 다짐을 하며 보영은 방을 나와 부엌으로 들어가더니 능숙한 솜씨로 음식을 만들기 시작했다.

한편, 수현은 새벽까지 이런저런 고민을 하다가 잠에 들었다.

아무리 방에 화로를 두었다지만, 자는 도중에 불씨가 꺼지자 방 안 공기가 급격하게 차가워졌다. 그 때문에 수현은 마치 달팽이처럼 몸을 둥그렇게 말은 채로 이불 속에서 자고 있었다.

"진 공자님, 일어나셨는지요?"

보영은 문밖에서 그처럼 소리를 내고 기다렸다.

그러나 수현은 시녀 보영이 부르는 소리를 듣지 못했고, 그녀는 몇 번 부르다가 결국 방으로 들어갔다.

보영은 방 안 공기가 입김이 보일 정도로 차고, 자신의 상전이 추위에 떨며 자고 있는 것을 보고는 망설임 없이 옷을 벗었다. 뽀얀 속살이 보이는 보영은 속옷 차림으로 침상으로 들어가더니 수현의 옆에 누웠다.

한참 잠을 자고 있던 수현은 잠결에 팔을 움직이다가 이상한 감촉이 느껴져 게슴츠레 눈을 떴다.

놀랍게도 어제 보았던 그 시녀 보영이 옆에 있는 것을 본 그는 화들짝 놀라며 벌떡 일어났다.

"이게 무슨 짓이야!"

보영은 수현이 소리치자 황급히 침상을 내려가 무릎을 꿇었다.

"왜 여기서 자고 있는 것이지?"

"아침에 들어와 보니, 진 공자님께서 추위에 떨며 주무시는 것을 보았습니다. 그래서 제 몸으로 데워 드리려고 했습니다."

"그, 그런 거야?"

"네, 저희들은 별채에서 지내시는 손님들을 위해 그렇게 교육을 받았습니다."

그제야 수현은 자신이 오해를 했다고 생각했다.

교육을 받은 대로 했다고 말하니 뭐라고 말을 할 수도 없었다. 그런다고 매일 아침마다 이런 일을 당할 생각을 하니 아찔했다.

"앞으로 내가 하지 말라고 하면 어떻게 되나?"

"하지 말라고 하시면 하지 않겠습니다, 하지만 진 공자님이 몸이라도 상하신다면 저와 제 동생은 죽습니다."

"뭐! 죽어?!"

"네."

수현은 다시금 이곳이 자신이 살던 곳과는 다른 세상이라는 것을 깨달았다. 자신이 살았던 21세기 대한민국이 아니라는 것을 새삼 절감하는 순간이었다. 더구나 지금은 극도로 혼란한 후한 시대라는 것이 상기되자 잠시 잊고 있었던 두려움이 밀려왔다.

수현은 잠시 고민을 하다가 입을 열었다.

"그럼 앞으로 내가 여러 번 깨워도 못 일어나면 그렇게 해. 그런 것은 괜찮겠지?"

"예, 그렇게 하겠습니다."

"그만 일어나라. 아! 목욕을 할 수 있을까?"

"예, 준비하겠습니다. 그럼 식사는?"

"목욕물 준비하는 데 시간이 많이 걸리나?"

"반시진 정도는 걸립니다."

진수현은 반시진을 1시간으로 생각하고는 잠깐 고민을 하다가 입을 열었다.

"그럼 먼저 식사부터 하지."

"예, 그렇게 준비하겠습니다."

　그러더니 보영은 자리에서 일어나 인사를 하고 밖으로 나갔다.

　잠시 보영이 사라진 문을 바라보던 수현은 땅이 꺼져라 한숨을 내쉬었다.

"휴우, 이거 살얼음판을 걷는 기분이네."

　수현은 자신이 아무런 생각 없이 하였던 행동이 두 남매에게는 목숨과 직결된다는 것에 두렵기만 했다. 더구나 그 둘만이 아니라도 앞으로 누군가 자신이 무심코 해버린 말과 행동때문에 피해를 입을 수도 있다는 것에 부담감이 느껴졌다.

　탁자에 앉아 오른쪽 손바닥으로 관자놀이를 지그시 누르며고민을 하는 사이에 보영이 다시 안으로 들어와 공손히 말했다.

"진 공자님, 식사 준비가 되었습니다."

"여기서 먹는 것이 아니고?"

"어제는 간단하게 야참으로 준비한 것이라서 이곳으로 가져왔습니다."

"그럼 가서 먹자."

　수현은 자리에서 일어나 그녀를 따라갔다.

밖으로 나온 수현이 별채 옆에 있는 방으로 들어가자 탁자에 차려져 있는 음식들이 보였다.

자리에 앉아서 밥을 먹는데 도무지 입에 맞지가 않았다. 그러나 이제는 이런 것에 익숙해져야 한다고 생각하면서 억지로 배를 채웠다.

힘겹게 식사를 마친 수현이 시녀 보영을 보며 물었다.

"차를 마실 수 있을까?"

"예, 준비하겠습니다."

21세기에서 살았던 그에게 차라는 것은 흔하게 마실 수 있는 것이었다. 더구나 음식이 입에 맞지가 않아 더욱 차 생각이 간절했다.

그러나 이런 행동이 시녀 보영에게는 특별하게 다가간다는 것을 알지 못하는 그였다.

고대 시대 때에는 당연히 수질이 좋지 못했다. 그러다 보니 고위 관리들만 차를 마시는 것이 일상처럼 자리를 잡았고, 차의 수요도 많아지다 보니 당연히 가격이 오를 수밖에 없었다.

더구나 황건적의 난 후엔 평범한 사람은 감히 차를 마실 엄두조차 어려울 정도로 가격이 폭등한 상태였다.

보영은 수현이 누군지 아직은 들은 바가 없었다. 그러나 귀한 차를 서슴없이 시키는 것으로 볼 때 대단한 가문의 자제로 여겨졌다.

그녀가 작은 화로에 청동 주전자를 올려 찻물을 만들었다.

수현은 그나마 차로 입안을 헹구자 살 것 같았다. 그렇게 겨우 식사를 마치고 수현은 자신의 방으로 향했다.

휘이잉!

휘잉!

요동태수부가 있는 양평이 북방 지역이라 아침 기온은 상상을 초월할 정도로 추웠고, 찬바람이 귀를 도려내는 것만 같았다. 그에 수현은 입고 있는 파카를 자신도 모르게 여몄다.

잔뜩 몸을 웅크린 채로 방에 들어가자 꺼져 있었던 화로에 숯불이 들어 있었다. 그는 의자를 가져다 화로 앞에 앉아 불을 쬐었다.

"내가 살던 시기하고는 상대가 되지도 않을 정도로 더럽게 춥네."

너무나 추운 날이어서, 오늘 태수를 만나기로 약속이 되어 있지 않았다면 정말이지 목욕을 하고 싶지가 않았다. 하나부터 열까지 모든 것이 익숙하지가 않으니 너무나 불편하고 어렵기만 했다.

"진 공자님."

밖에서 보영이 부르자 수현은 반사적으로 자리에서 일어나 문으로 걸어갔다.

문을 열어주자 그녀가 목욕물이 준비되었다고 전했다.

수현은 배낭에서 세면도구를 챙겨 그녀를 따라갔다.

별채 뒤로 가자 작은 전각이 보였고, 그녀의 동생 이평이 화덕에서 물을 끓이고 있는 것이 보였다. 화덕 옆에는 작은 우물도 보였다.

'목욕 한 번 하는 것도 이렇게 힘들구나.'

수현은 한국에 있을 때는 매일 샤워를 했지만, 이곳에서는 목욕을 하는 것도 큰일이라는 것을 깨달았다.

'앞으로 목욕은 가급적이면 자제하자.'

그런 생각으로 문을 열고 안으로 들어가자 작은 탁자가 보였고, 정면에는 나무판으로 만든 가림막이 있었다.

탁자 위에 입고 있던 옷을 벗어두고 가림막을 지나 안으로 들어가자, 커다란 나무통에서 김이 모락모락 오르고 있었다. 만약 밖에서 이펑이 목욕물을 준비하는 모습을 보지를 못했다면 저 통으로 들어갔을 수현이었다.

그러나 그는 차마 통에 들어갈 수가 없어서 작은 나무 의자에 앉아 표주박으로 머리에 물을 끼얹었다.

촤하!

촤하!

"으윽! 더럽게 춥네!"

난방이 되지 않는 곳이라 몸이 부들부들 떨려왔고, 이빨은 주체를 하지 못할 정도로 딱딱거렸다.

그는 작은 가방에서 샴푸와 린스를 꺼내 정신없이 머리를 감았다. 최대한 빨리하고 나가기 위해 표주박을 찾으려 주변을 더듬거렸다.

그런데 누군가 자신의 머리에 물을 부어주었다. 수현은 이 평으로 생각하고는 가만히 있었다.

"평이냐?"

"아닙니다, 진 공자님."

보영의 음성에 놀라 고개를 치켜드니 그녀가 알몸 상태로 들어와 있는 것에 놀랄 수밖에 없었다.

"여기를 왜!"

"목욕 시중을 하려고 왔습니다."

"피, 필요 없다."

21세기에서 30대의 사내로 살았고, 몇 번 여자와 관계를 했던 수현이었다. 그러나 이런 상황에는 그도 당황하지 않을 수가 없었다.

그러나 그의 말에 보영이 무릎을 꿇었다.

"공자님, 제가 부족하지만 앞으로 성심을 다해 모시겠습니다. 그러니 내치지만 말아주세요."

"그게 무슨 소리냐, 나는 목욕 시중이 필요치가 않다."

"공자님께서 저 때문에 그러시는 거라면 저와 동생은 여기 별채에서 쫓겨납니다. 그럼 죽든가 아니면 다른 곳으로 팔려 갑니다."

"누가 그런 것을 안다고!"

"총관은 모든 것을 알고 있습니다, 그러니 제가 공자님을 시중들게 해주세요."

"설마 나를 감시하라고 너를 보낸 것이냐?"

"아니라고는 말씀드리지 못하겠습니다."

그 말에 수현은 순간 뒷골이 서늘해졌다.

태수가 아직도 자신을 완전히 믿지 않았다는 것에 두렵기만 했다.

그러면서 고민을 해보니, 자신을 왕족이라고 했었다.

자세히는 모르지만 고대의 왕족이라면 분명 목욕 시중을 받았을 것이다. 그런데 자신이 보영의 목욕 시중을 받지 않았다는 것이 알려진다면 분명 의심을 하게 될 것이란 생각이 들었다. 그럼 자신은 죽음이라는 생각에 정신이 뻔쩍 들었다.

'젠장!'

정신을 차린 그는 자신의 아랫도리에 힘이 잔뜩 들어가 있는 것에 화들짝 놀랐다.

30살 젊은 혈기의 사내가 늘씬한 몸매의 보영을 보니 자연스럽게 반응한 것이다.

제5장
생존(生存)

　어디 지리산에서 도를 닦는 도사도 아니고, 예쁘장한 보영이가 그것도 알몸 상태이니 순식간에 이성을 상실해 버린 수현이었다.

　보영은 그가 가타부타 말이 없자 재빨리 수현을 나무 목욕탕으로 이끌었다.

　그제야 그는 정신을 차렸다.

　'태수가 시험하는지도 모른다!'

　갑자기 그런 생각이 머리를 강타했고, 그는 황급히 몸을 돌려 앉았다.

　"등만 밀어주고, 너는 밖에서 기다리면 총관이 알 수 없겠지?"

"제가 마음에 들지 않으신지요?"

"아니다, 나는 예전부터 혼자서 목욕을 해서 그런다."

"예, 그럼 등만 밀어드리고 나가 있겠습니다."

그렇게 말했지만 무언가 아쉬운 듯한 눈빛으로 변해가는 보영이었다.

수현은 그녀가 목욕 시중을 들어주어도 몸에서 더 이상 반응이 없자 안도했다. 자칫 이성을 잃고 보영과 남녀 관계라도 가진다면 무슨 일이 일어날지 모르는 상황이라 긴장이 될 수밖에 없었다.

그런 마음을 알 리가 없는 보영은 향이 좋은 기름을 수현의 등에 발라주었다.

그런데 참으로 사내란 것이 솔직한 동물인 듯했다.

태수에게 발각되면 죽을 수도 있다는 생각에 긴장이 되었던 수현이었지만, 조금씩 안정이 되자 보영이 등을 만질 때마다 아랫도리가 벌떡벌떡 반응을 해 미칠 지경이었다.

"허험, 그만 나가보거라."

"예."

보영이 욕실을 나가자 수현은 청동으로 만든 거울 앞에서 면도를 마치고, 표주박으로 중요 부위를 가린 채로 가림막을 나왔다.

그러자 수현이 옷을 벗어둔 탁자에서 기다리고 있는 보영이 보였다.

어느새 시녀복으로 갈아입은 보영은 수현이 나타나자 면포 수건으로 그의 몸을 닦아주었다.

"그만 되었다, 나가보거라."

"태수님께서 옷을 보내오셨는데 혼자서 입으실 수 있으세요?"

그 말에 이곳 사람들이 입는 옷가지들이 탁자 위에 있는 것이 보였다.

한복의 옷고름조차 맬 줄 모르는 수현은 도무지 혼자서 옷을 입을 엄두가 나지 않았다. 그런다고 자신이 입었던 옷을 다시 입자니 그것도 이상하게 볼 것 같았다.

"돌아 서거라."

그러자 보영이 몸을 돌려 가림막을 보았다.

재빨리 속옷만 입은 수현이 입을 열었다.

"입는 방법을 알려줘."

"네."

수현은 그녀가 알려주는 것을 기억하면서 무려 세 벌이나 껴입었다. 화장실 갈 일이 걱정될 정도로 많이 껴입었지만 추위에 떠는 것보다는 낫다 싶었다.

마지막으로 그녀가 헝겊으로 만든 기다란 모자 같은 것을 손에 들면서 알려주었다.

"이건 유생들이 쓰는 유건이라고 합니다."

'아! 이 시기에도 유생이 있었지······.'

한나라는 통치 이념으로 유교를 받아들였다.

통치자들은 유교에서 주장하는 충효 사상이 백성들을 통치하기에 적합하다고 보았다. 그러기에 이 시기에 충과 효에 반하는 사람은 만인의 지탄을 받았다. 그 대표적인 인물이 천하무쌍으로 알려졌지만, 양부를 죽인 것 때문에 비난을 받는 여포였다.

수현은 보영이 유건을 씌워주고, 턱 끈을 묶는 것을 지켜만 보았다.

"되었습니다."

"수고했다."

"이건 어떻게 할까요?"

수현은 자신이 입고 있었던 파카를 보영이 가리키며 묻자 잠시 고민을 했다.

여기로 오면서 고생한 흔적들이 묻어 있어 더러워진 옷들이었고, 이제는 이곳에서 저런 옷을 입으면 안 될 것만 같았다.

'극지방용 파카인데… 비싸게 주고 산건데…….'

그는 백두산에 오르려고 구입했던 파카를 잠시 바라보다가 입을 열었다.

"보자기에 싸서 내 방으로 가져와라."

"예, 그렇게 하겠습니다."

"아! 오늘 점심은 안 해도 된다. 태수님께 가기로 했다."

"그렇게 하겠습니다. 뭐 필요하신 것은 없으신지요?"

"필요하면 그때 부르마."

"예."

그러면서 목욕탕을 나간 그는 별채로 걸어가면서 이리저리 몸을 둘러보았다.

"하루아침에 유생이 되었네."

수현은 소매 속에 넣어두었던 스마트폰을 꺼내 시간을 확인했다.

오전 10시가 넘어 약속 시간인 오시 초가 다가오자 그는 태수를 찾아갔다.

내리기 시작하는 눈을 맞으며 별채 뜰을 지나 태수부의 후원으로 가려던 그의 눈에 별채 입구 앞에서 누군가 서 있는 것이 보였다.

마른 체형에 이제 40대 정도로 보이는 작은 키의 사내가 수현을 보며 인사를 했다.

"진 공자님이시지요."

"그렇습니다."

"저는 이곳의 총관 하균이라고 합니다."

"아! 반갑습니다. 진수현이라고 합니다."

수현은 최대한 공손한 모습으로 그에게 인사를 했다.

총관 하균은 태수의 지시를 받고 다른 지역에 가기 위해 자리를 비웠다가 새벽에 성문이 열리자 돌아왔다. 그는 태수부를 떠나기에 앞서 보영, 이평 남매를 별채에 배정하는 것을 잊지 않았다.

"아이들은 마음에 드십니까?"

"예, 이렇게 신경을 써주시니 감사합니다."

"소공자님을 구해주셨다고 들었습니다, 그러니 당연한 것입니다. 태수님께서 오늘 진 공자님과 오찬이 약속되어 있다고 하셨습니다."

"예, 그래서 지금 태수님을 뵈러 가는 길입니다."

"초행이시라 내부 지리를 모르실 것 같아서 제가 마중을 나왔습니다. 안내를 해드리겠습니다."

"그럼 부탁드립니다."

수현은 총관을 따라가면서 눈에 들어오는 광경에 놀라고 말았다.

어제는 밤중이었고, 자신의 신상에 관한 일이 달려 있어 주변에 눈길을 주지 못했었다.

그러나 이제는 주변을 둘러볼 여유가 생겼다.

'태수가 사는 곳은 내성이구나. 황건적 때문인지 경계가 삼엄하네……'

높다란 내성 위에 무장한 병사들이 경계를 서고 있는 모습이 보였고, 성문 양쪽과 성벽 끝에는 흙으로 만든 망루도 보였다.

"총관님."

"예, 진 공자님."

"병사들이 들고 있는 무기가 극이라는 것입니까?"

"맞습니다, 진 공자님은 병법에도 조예가 있으십니까?"

"왕부에서 지낼 때 교양을 쌓을 목적으로 대충 배웠습니다."

"보시니 어떻습니까?"

"병사들이 흐트러짐이 없고, 기세가 날카로운 것이 평소에 훈련이 잘되어 있는 정예병들 같습니다."

"내성의 병사들은 태수님께서 직접 선발한 정예병들입니다."

"역시 그렇군요. 그럼 저 무기들은 모두 철기입니까?"

그런 물음에 순간 총관의 눈빛이 돌변했다.

수현이 비록 태수의 작은아들을 구했다지만, 여전히 그의 정체는 의심스러웠다.

그런 와중에 너무나 민감한 사안을 아무렇지 않게 물어오는 것이 아닌가.

'간자인가……'

순간 수현이 첩자이지 않을까 의심을 하는 총관이었다.

하지만 아무리 의심이 간다고 하여도 태수의 손님에게 어떻게 그런 것을 말할 수 있겠는가 싶었다.

그래서 그는 적당히 둘러대기로 생각을 하면서 입을 열었다.

"철제 무기가 있기는 하지만, 일반 병사들에게는 청동으로 만든 무기를 지급하고 있습니다. 철이 전매품인지라 지방에서는 구하기도 어렵고, 너무 고가라서 그렇습니다."

그 말에 총관과 나란히 걸어가던 수현은 아직 철제 무기가 일반 병사들에게 보급이 되지 않았나 싶었다. 아무리 수현이 삼국지를 탐독했다고는 하지만 후한 시대의 사회상을 알 수 있는 길이 없었다.

하지만 삼국시대에 등장하는 무기들을 어느 정도는 파악하고 있는 그였다. 후원으로 향하는 동안 병사들의 무기와 갑옷을 유심히 바라보는 수현이었고, 그런 그의 모습을 총관이 호기심 어린 눈으로 바라보았다.

*   *   *

수현은 태수부의 내성으로 향하고 있었다.

내성 곳곳에서 병사들의 정연한 모습이 눈에 들어왔다. 한겨울 찬바람에도 아랑곳하지 않고 자신의 맡은바 임무에 충실한 병사들을 보자 수현은 자신도 모르게 마른침을 꿀꺽 삼켰다.

수현은 긴장된 마음으로 하륜 총관을 따라갔고, 이내 태수부 후원의 내당으로 들어섰다.

그 무렵, 공손도 요동태수는 수현을 만나기로 한 약속을 위해 내당에서 준비하고 있었다.

그는 이례적으로 가족들도 모두 참석하라고 지시한 상태

였다.

그래서 태수의 가족들도 오찬에 참석하기 위해 준비를 끝낸 후 내당으로 모였다.

커다란 청동거울 앞에서 옷차림을 점검하던 공손도 태수가 뒤를 돌아 부인 유씨를 보며 물었다.

"어때 보이시오?"

"상공이시야 워낙에 풍채가 좋으니 더 볼 필요가 없습니다."

입가에 엷은 미소를 만들며 답을 하는 태수 부인이었다. 그 말에 태수는 입가에 미소를 만들며 나란히 서 있는 세 아이들을 바라보았다.

"모두들 그렇게 차려입으니 보기가 좋구나. 다들 실수 없어야 한다."

"네, 아버님."

태수는 큰딸이 답을 하자 흐뭇하게 웃으며 고개를 살짝 끄덕였다.

그때 내당 밖에서 시녀의 음성이 들려왔다.

"태수님, 총관입니다."

"들어오라 하여라."

태수의 승낙이 떨어지자 대기하고 있던 시녀 둘이 문을 열어주었고, 총관은 안으로 들어와서 공손히 인사를 했다.

"만나보았느냐?"

"예, 태수님."

"그래, 만나보니 어떠하더냐?"

"신장은 6척으로 보이고, 이목구비는 또렷하고, 피부는 여자들보다 희고 고운 것이 왕족이라고 한 말이 사실인 것 같습니다."

"그런가?"

"예, 또한 준수한 외모에 병법에도 조예가 있어 보였습니다."

그러자 아이들을 바라보고 있던 태수가 몸을 돌려 총관에게 시선을 주며 물었다.

"병법에도 조예가 있다?"

"예, 본인이 말하기를 왕부에서 지낼 때 교양을 쌓기 위해서 배워 수준이 낮다고는 하였습니다. 하나, 내성 병사들의 무기가 철기인지를 물어보는 것이 평범한 수준은 아닌 것 같았습니다."

"하기는 왕부에서 자랐다면 병법을 어느 정도는 알고 있겠지. 또 다른 것은?"

"별채의 시비에게 물으니 사람이 겸양되고, 아랫사람이라고 하여 함부로 대하지 않았다고 합니다."

그 말에 태수의 부인이 환하게 표정이 밝아지며 말했다.

"상공, 진 공자의 성품이 참으로 빼어나지 않습니까. 왕족이라면 거만할 수도 있을 법한데 그러지 않았다니, 그 성품이 참으로 비단과도 같습니다."

"어머니, 그래 봐야 이제는 떠돌이 장사치입니다."

큰아들 공손강의 말에 태수가 굳은 표정으로 말한다.

"너는 어이하여 사람을 외양만으로 판단하려는 것이냐! 그러고도 네가 장차 아비의 뒤를 이을 수 있다고 보는 것이냐!"

"죄송합니다. 아버님."

"명심하여라. 사람을 사귀는 것은 가려서 해야 하지만, 그런다고 외양만으로 판단을 해서는 아니 될 것이다."

"상공, 그만하시지요. 늦었습니다."

"크흠, 그만 갑시다."

공손도 태수는 그렇게 가족들을 이끌고 식당으로 향했다.

그는 수현이 자신의 막내아들을 구해주어 진심으로 고맙게 생각하고 있었다. 그리고 내내 생각을 해보니 수현이 보통 사람이 아닌 것 같았다.

아직은 왜 그런 생각을 하는지 자신조차도 명확히 알 수 없었지만, 그런 생각이 잠시도 머리에서 떠나지 않았다.

화려하게 꾸며져 있는 넓은 식당 안에 있는 수현이 보였다.

그는 태수 공손도를 기다리면서 여러 생각을 하고 있었다.

수현은 분명 오늘 만남에서 태수가 이런저런 것들을 물어올 것이라고 예상했고, 간밤에 노트북에 다운로드해 두었던 삼국지 전자책을 읽으면서 세워두었던 계획들을 다시금 점검했다.

그렇게 생각을 정리하고 있는데 문이 열리더니 요동태수 공손도와 그의 가족들이 들어왔다.

수현은 태수에게 다가가서 공손히 인사를 했다.

"태수님을 뵙습니다."

"진 공자, 간밤에 잘 쉬었는가?"

"염려해 주신 덕분에 평안하게 보냈습니다."

수현은 태수의 음성이 차분하고, 자신을 왕족으로 인정하는지 아랫사람을 대하듯이 말투를 함부로 하지 않는 것을 느꼈다. 하지만 아직 안심하기에는 이르다고 판단하며 긴장의 끈을 놓지 못했다.

수현과 간단하게 인사말을 주고받던 태수가 뒤를 보며 말했다.

"정식으로 소개하지. 이쪽은 내 안사람이네."

"대부인께 인사 올립니다. 진수현이라고 합니다."

이미 별채 시녀 보영을 통해서 태수를 만났을 때 어떻게 처신을 해야 하는지를 파악한 그였다. 그러기에 수현은 어렵지 않게 그들을 만나는 중이었다.

공손도의 부인 유씨가 살짝 고개를 숙여 보이며 말한다.

"은인을 다시 보니 반갑습니다. 그리 입으시니 헌헌장부가 따로 없어 놀랐습니다. 그러지 않습니까? 상공."

"맞는 말이요. 어제는 몰골이 말이 아니어서 진면목을 몰랐던 것 같소이다."

확실히 어제의 수현과 오늘의 수현은 마치 이름만 같은 다른 사람처럼 보였다.

황건적의 패잔병들을 피해 다닌다고 산속에서 노숙을 하였던 수현이었다. 그래서 양평성에 도착했을 때는 거지라고 해도 믿을 정도였다.

그런데 목욕을 하고, 유생들이 입는 옷차림을 하자 준수한 그의 외모가 빛을 내고 있었다.

"이쪽은 내 큰딸이네."

"영애를 뵙습니다."

그러자 태수의 큰딸이 살짝 고개만 숙여 보였다.

"이쪽은 장남, 강이라고 한다네."

"영식을 뵙습니다."

"반갑습니다."

시녀 보영을 통해서 태수의 장녀가 열여섯에 공손란이란 것을 파악한 수현이었다. 그리고 장남 공손강은 열넷, 막내 공손소는 열둘이라는 것을 알아냈다.

다만 한 가지 아쉬운 것은 보영이 태수와 그의 부인에 관한 것은 함부로 입을 열지 않았다는 것이었다. 그래서 두 사람에 관한 것을 자세하게 파악하지 못했다.

"그리고 이쪽은 막내 소이네."

"진 공자님, 구해주셔서 감사합니다."

"몸은 어떠하신지요?"

"진 공자님께서 주신 기보 덕분에 이제는 무탈합니다."

"태수님, 괜찮으시면 제가 막내 자제분을 진찰해도 되겠는지요?"

"그리하게."

그러자 수현은 의자에 공손소를 앉도록 하더니 손목에 손을 올려두고 맥을 살폈다.

1분 정도 지나 진찰을 마친 수현은 태수를 보았다.

"살펴보니 어떤가?"

"어제에 비하면 맥박이 안정적인 것을 보니 충격에서 차츰 벗어나는 것 같습니다."

"그런가, 듣던 중 참으로 반가운 말이네. 자리에 앉지."

그렇게 모두들 원형 탁자에 자리를 잡고 앉았고, 수현은 태수와 마주 보며 자리를 했다.

시비들이 음식을 내오는 것으로 오찬이 시작되었고, 얼마 지나지 않아서 태수가 수현에게 물었다.

"진 공자, 총관이 하는 말을 들었네만 병법에도 조예가 있다고?"

그러자 수현은 젓가락을 탁자에 내려두며 긴장을 했다.

"왕부에서 지낼 때 소일거리로 겨우 병서 몇 권을 읽은 것이 전부인지라 남들 앞에 내세울 것이 못 됩니다."

"그럼 내성 병사들의 무기가 철기인지를 물었다고 하던데 왜 그랬는가?"

수현은 지금 태수가 자신을 시험하고 있다는 생각이 들었다. 이 자리에서 태수의 마음에 들지 못한다면 그저 그런 별볼 일 없는 사람이 되고 말 것이라고 생각했다. 그런 이유로 팔자에도 없는 의원 노릇을 해가면서까지 태수의 막내아들을 보살펴 주었던 것이다.

언제까지 머물지는 모르지만 당분간은 이곳에서 지내야만 했다.

어젯밤, 자신이 대련에 있는 그 동굴에 가려면 태수의 신임을 얻어야만 하고 그래야만 그곳까지 갈 수 있는 길이 생긴다고 판단하였다.

그러니 지금 이 순간이 자신의 앞날을 결정짓는 중요한 순간이라고 생각하며 입을 열었다.

"태수님, 저는 장사치입니다. 괜한 말로 존귀하신 태수님의 심기를 어지럽힐까 그것이 걱정이 됩니다."

"상공께서는 그리 속 좁은 분이 아니십니다. 더구나 우리 막내를 구해주신 은공이 아니십니까. 그러니 속내를 밝힌다 하여 상공께서 책하시지는 않으실 겁니다."

"허허, 부인이 못난 내 얼굴에 금칠을 하는구려. 개의치 말고 말해보게."

"그럼 말씀 올리겠습니다, 제가 알기로는 태수님께서는 서영 장군의 추천으로 요동의 태수가 되신 것으로 알고 있습니다."

"맞네, 서영 장군이 나를 천거하였지."

"죄송하지만 그 일로 태수님은 화를 입을 것입니다."

"뭐야! 이자가 말이면 다인 줄 아나!"

수현의 말에 태수는 가만히 있는데 그의 장남 공손강이 흥분하며 벌떡 일어나더니 소리쳤다.

태수를 비롯한 그의 가족들은 공손강의 돌출 행동을 놀란 표정으로 바라보았다.

수현 역시 갑작스러운 그의 태도에 놀란 모습이었다.

'헛, 어린놈이 아비의 위세만 믿고!'

이제 열넷인 공손강이 아비의 위세를 믿고 나설 자리인지 아닌지 분간도 못 하는 모습에 수현은 어이가 없었다.

"강아, 은공에게 이 무슨 무례냐!"

"어머니, 이자가 허황된 말로 아버님을 농락하고 있지 않습니까!"

"그만 되었다. 진 공자, 계속 말하게."

"아버님!"

"어허! 그만하래도!"

그러자 분을 못 이겨 씩씩거리며 자리에 앉는 태수의 장남 공손강이었다.

'혹시, 저 자식 나를 질투하는 것인가?'

순간 그런 생각이 드는 수현이었다.

그러나 지금은 그런 잡생각을 할 때가 아니라고 생각하며 정신을 차렸다.

수현은 어젯밤 곰곰이 생각을 해보니, 만약 반동탁 연합이 결성되었다면 여기도 조용하지 않을 것이라고 보았다.

그런데 아직 반동탁 연합이 결성되지 않았는지 양평성은 평온했다. 그것으로 수현은 아직 새로운 황제인 헌제가 등극하기 전이라고 판단을 하였다. 그래서 그것을 기반으로 나름의 계획을 준비했다.

수현은 다시금 자신의 의견을 밝혔다.

"태수님께서 황건적의 간세로 몰려서 죽을 뻔하였던 제 생명을 구해주셨으니 저도 목숨을 걸고 말씀을 올리겠습니다."

공손도 태수는 수현이 비장한 표정으로 그처럼 말을 하자 자신도 모르게 긴장이 되었다.

"동탁이 국정을 농락하고 있다는 것을 태수님께서도 아시리라고 봅니다."

"그것을 왜 나라고 모르겠는가. 하나, 내가 그분에게 은혜를 입었으니 어찌할 도리가 없네."

"그 때문에 태수님이 위험하다는 것입니다."

"왜 내가 위험하다는 것인가? 기껏 태수 자리를 받았다고?"

"자고로 권력이란 자식과도 나누지 않는다고 하였습니다, 하물며 국정을 농락하는 동탁이 태후가 지켜주는 금상을 가만히 두리라고 보시는 겁니까?"

"어허! 말을 가려 하라!"

공손도 태수가 언성을 높이자 갑자기 주변 공기가 서늘해졌다.

모두들 수현이 무슨 뜻으로 하는 말인지를 알기에 놀란 표정으로 지켜보았다.

　그러나 이번 일에 자신의 앞날이 달려 있다고 생각하는 수현은 담담한 모습을 유지하였다.

　그런 모습을 유심히 지켜보다 태수의 부인이 입을 열었다.

　"상공, 우선은 진 공자의 말을 계속 들어보시지요."

　"계속하게."

　"이곳은 변방인지라 소식이 늦어 모를 수도 있을 겁니다. 그러나 제가 추측하기에 이미 그런 일들이 낙양에서 진행이 되었을 것이라고 봅니다."

　"설마, 아무리 그런다고 해도 사공에 불과한 동탁이 그런 짓을 벌이겠느냐? 버젓이 삼공들이 있는데도?"

　공손도는 동탁의 벼슬이 현재 죄인들을 관리하거나, 치수나 각종 토목공사를 맡아보는 사공(司空)에 있어 불가능하다고 생각했다.

　'아니지, 보잘것없는 환관들 때문에 나라가 어지러운데…….'

　그러나 환관의 무리인 십상시들이 국정을 어떻게 농락하였는지를 잘 알고 있던 태수는 수현의 말도 가능성이 있겠다 싶었다.

　"계속 말하게."

　"그것 때문에 태수님이 위험하다고 하는 것입니다. 만약 실제로 그런 일이 일어난다면 동탁을 가만히 두려고 하겠습니까? 자칫 그 불똥이 태수님에게도 떨어질 수가 있습니다."

"상공, 들어보니 가벼이 넘길 일이 아닙니다. 사람을 보내어 은밀히 알아보시지요."

"알았소. 하나, 네 말이 거짓이라면 관장을 농락한 죄로 엄히 처벌할 것이다! 알겠느냐!"

"예, 태수님."

바로 그때였다.

제6장
황숙 우유를 만나다

　총관 하균이 식당 안으로 들어오더니 태수에게 유주목 유우가 방문했다고 전했다.

　그러자 태수와 그의 부인이 놀라서 급히 자리에서 일어났다.

　"장인어른께서 연통도 없이 갑자기 오시다니."

　"상공, 어서 나가보시지요."

　"그럽시다."

　두 사람이 밖으로 나가려고 하는 순간 유주목 유우가 식당 안으로 들어왔다.

　"마중 나올 필요 없다."

"아버님."

"장인어른."

수현은 유우를 자세히 살폈다.

나이는 대략 50대 후반으로 보였고, 키는 겨우 160㎝가 될까 싶었다. 머리를 단정히 정리했지만 입고 있는 옷은 남루했다. 그러나 형편없는 옷차림과 달리 기품 있고, 인자함이 느껴지는 얼굴을 가지고 있었다.

'유우라면 황실 종친인데, 저런 볼품없는 옷차림이라니.'

유우는 인자한 미소를 띠며 자신의 딸을 보았다. 그러다가 자신의 손주들을 바라보며 입을 열었다.

"다들 잘 지냈느냐?"

"할아버님을 뵙습니다."

"오! 우리 란이가 이제는 시집을 가도 되겠구나. 새해가 되면 열일곱이던가?"

"예, 벌써 그리되었습니다. 이제 란이도 혼처를 알아봐야지요."

"어디 좋은 혼처라도 있더냐?"

"이제부터 알아보아야지요."

모친의 그런 말에 태수의 장녀 공손란은 얼굴을 붉히면서 고개를 살짝 숙였다.

그런 모습을 흐뭇한 미소로 바라보던 유주목 유우가 태수의 두 아들에게서 인사를 받았다. 그 둘에게도 짧은 덕담을 나눈 끝에 이번에는 수현을 보며 말했다.

"이 젊은 청년은 누구더냐?"

"진 공자, 인사 올리시게. 황실 종친이시며 유주목이시자 계의 태수를 겸직하고 계시는 분이시네, 편하게 황숙으로 부르시게."

태수의 말에 수현이 공손히 양손을 포개 앞으로 내밀었다.

"황숙을 뵈옵니다."

"이보게, 공손 태수. 누군가?"

"우선 앉으시지요, 자세히 말씀 올리겠습니다."

수현은 삼국지에 나오는 수많은 인물들 중 특이하게도 지금 눈앞에 있는 유우를 좋아했다.

유우는 광무제의 장남 동해공왕(東海恭王) 유강(劉彊)의 5대 후손이며 조부인 유가(劉嘉)는 광록훈을 지냈다.

이 시대에서는 보기 드물게 애민사상을 가진 황족이라 그를 자세히 알고 있는 수현이었다.

'나중에 공손찬 그놈에게 죽지만 앉았더라면 큰일을 했을 사람인데······.'

수현은 태수가 하는 말을 묵묵히 듣고 있는 유우를 바라보며 안타까운 심정이 생겨났다.

"아! 막내를 저 청년이 구해주었다는 것이냐?"

"그렇습니다."

"참으로 큰 은혜를 입었구나. 이보시게."

"편히 말씀하시지요."

"그리하지. 이름이 진수현이라고?"

"그러합니다."

"자네가 큰 은혜를 베풀었으니 남이라고 할 수도 없겠어."

"아닙니다, 사고무친인 저에게 태수님이 별채까지 내어주셨으니 그 은혜 또한 작지 않다고 여깁니다."

유우는 그렇게 말하는 수현에게 호감이 생겼다.

범부가 사위의 아들을 구했다면 그것으로 한몫 챙기려고 했을 것인데, 그런 모습이 보이지 않아 입가에 인자한 미소를 만들며 물었다.

"자네는 어디 출신인가?"

"아버님, 진 공자는 동쪽으로 천 리 거리에 있었던 망국인 조선의 왕족입니다. 상행을 나섰다가 황건적을 만나 겨우 홀로 살아남았다고 합니다."

"쯧쯧, 안타까운 일이군. 이보게, 태수."

"예, 장인어른."

"자네가 진 공자를 잘 보살펴 주게. 품에 들어온 이를 후대하는 것이 윗사람의 도리가 아니겠는가."

"명심하겠습니다. 그런데 갑자기 연통도 없이 웬일이신지요?"

그러자 온화하였던 유우의 표정이 순간 굳어졌다.

그런 변화를 보자 태수와 그의 부인도 긴장된 표정으로 변해갔다.

　"진 공자가 남처럼 여겨지지 않으니 말해도 상관이 없겠군. 낙양에 있는 화가 은밀히 사람을 보내왔다."

　"아버님, 동생이 무슨 일로 사람을 보냈는지요? 혹여 경성에 변고라도 있는 겁니까?"

　"그래, 동탁이 금상을 폐하고 진류왕을 황제로 옹립하겠다고 한다. 그리고 내년부터 연호를 초평으로 한다고 하는구나. 조만간 조서가 내려올 것이다."

　'초평이라면… 지금이 189년 말이구나.'

　마침내 지금이 언제인지를 파악하게 된 수현이었다.

　그는 살아남기 위해 노트북에 저장해 두었던 삼국지를 탐독했고 초평이라는 연호가 190년부터 사용되었다는 것을 떠올릴 수 있었다. 그래서 지금을 189년으로 파악한 것이었다.

　"세상에! 상공, 진 공자의 예측이 그대로 맞았습니다."

　"예측이라니? 진 공자가 이런 일을 예상했더란 말이냐?"

　"예, 장인어른."

　그 말에 놀란 유주목 유우가 진수현을 다시금 바라보았다.

　이제 약관을 지난 준수한 유생으로 여겼는데, 젊은 나이에 시류를 정확히 보는 안목을 가진 것처럼 여겨졌다.

　"이보게, 진 공자."

　"예, 황숙."

"자네가 이런 일을 예측했다면 그만큼 시류를 통찰하는 안목을 가졌다는 것이 아니겠는가? 그럼 이후에는 정국이 어떻게 될 것 같은가?"

그러자 자리에 있던 모두가 수현을 바라보았다.

수현은 황족이 있는 자리임에도 곧바로 답을 하지 않고 눈을 지그시 감아 생각을 정리했다.

그러나 어느 누구도 그런 그의 태도를 질책하지 않고 기다려 주었다.

잠시 생각을 정리한 수현이 눈을 떴다.

"제 예상으로는 내년쯤에 신황제가 옹립되었다는 교서가 전해지면 분명 각지에서 구국의 열사들이 들고 일어나 반동탁 연합을 결성할 것입니다."

"다행이로군, 듣던 중 반가운 말이네."

"하지만 실패할 공산이 큽니다."

그러자 공손도 태수가 놀란 얼굴로 입을 연다.

"아니, 각지의 열사들이 일어나면 그까짓 동탁이야 아무것도 아니지 않는가. 그런데 실패한다고?"

"겉보기에는 태수님의 말씀이 맞습니다, 하지만 연합체라는 것은 이해타산이 복잡하게 얽혀 있다 보니 결속력이 약합니다. 저는 내부의 분란 때문에 동탁을 제거하는 것을 이루지 못할 것으로 봅니다."

"이보시게, 진 공자."

태수 부인의 부름에 수현은 공손히 고개를 숙여 보였다.

"그럼 대인께서 앞으로 어떻게 하셔야 하는가? 상공께서는 동탁에게 태수 자리를 제수받았네. 그런데 동탁에 반하는 연합이 생긴다면 분명 대인께 화가 미칠 수도 있다고 보네."

"그렇습니다, 그래서 제가 태수님이 위험하다고 말씀을 드린 것입니다."

"그러니 해결책을 알려주시게."

"황숙, 먼저 제가 여쭙고 싶은 것이 있습니다."

"말하게."

"만약 그런 일이 일어난다면 황숙께서는 신황제를 인정하시겠는지요?"

"불가하네! 동탁 그놈이 세운 황제가 어디 진짜 황제인가! 결코 받아들일 수 없네."

"그런 생각을 여러 제후들도 할 것입니다."

"당연히 그럴 것이네."

"그럼 그런 제후들이 조정의 통제에 따르겠습니까?"

"설마!"

"생각하시는 것이 맞습니다. 각지의 태수들이나 자사들은 조정의 통제에 따르지 않을 것이고, 독자적으로 병력을 양성할 것입니다. 그리한다면 전란의 시대가 도래할 것입니다. 그러니 태수님도 어느 노선으로 가실지 선택을 하셔야만 합니다. 노선이 결정되어야 방책이 나올 수 있다고 봅니다."

"그럼 공손 태수도 그런 태수들처럼 따라 해야만 살길이 열린다고 보는가?"

그러면서 자신의 사위인 공손도를 바라보는 유우였다.

수현은 후일 공손도가 요동에서 독자적인 세력을 형성하고, 칭왕을 한다는 것을 책을 통해 알고 있었다.

그러니 공손도 태수가 내색은 안 해도 지금 그런 생각을 하고 있을 것으로 보았다.

"맞습니다. 다행히도 이곳은 변방인지라 조정의 힘이 미치기가 어렵습니다, 그 점을 이용하신다면 태수님은 이 난국을 벗어날 수 있을 것으로 봅니다."

"진 공자."

"예, 태수님."

"내가 국경 지역을 책임지고 있지만 주어진 병권이 미약하네. 그러니 무슨 수로 난관을 헤쳐 나갈 수 있겠는가?"

"황숙께서 계시지 않습니까, 만약 제 예상이 맞아서 반동탁 연합이 결성되면 당연히 여기 계시는 황숙을 황제로 옹립하려고 할 것입니다."

"그것은 있을 수 없는 일이네!"

수현의 말에 단호하게 반대하는 유우였다.

'아닙니다, 원소는 당신을 황제로 옹립하려고 합니다. 그것이 역사이니까요.'

유우를 보며 그런 생각을 하는 수현이었다.

공손도 태수는 장인이 황제가 된다면 자신의 앞날이 밝을 것이라고 생각을 했지만 차마 그런 말을 입 밖으로 꺼낼 수가 없었다.

"저도 황숙의 인품을 존경하기에 그런 제안을 받아들이지 않을 것으로 보았습니다. 그러나 여기 계신 태수님을 다릅니다."

"다르다니?"

"황숙, 제후들이 조정의 통제를 따르지 않는다는 것은 곧 난세이며 전란의 시대가 열린다는 뜻입니다. 그런 혼란한 시기에 여기 계시는 태수님은 저들의 먹잇감이 될 수도 있습니다."

"커험!"

유우는 헛기침을 하면서 사위를 바라보았다.

그도 수현의 말처럼 될 수 있다는 생각에 사위와 딸의 앞날이 걱정이 되었다.

잠시 고민을 하던 유우가 물었다.

"어떻게 하면 그런 난국을 헤쳐 나갈 수 있겠는가?"

"황숙께서는 지방의 군권을 가지고 있는 태수들을 통제하는 목의 자리에 계십니다. 때를 봐서 그 자리를 여기 계신 태수님께 넘긴다면, 그것을 기반으로 태수님은 이 요동 지역에서 중원의 혼란을 피할 수 있게 됩니다."

"어허! 지금 나보고 감히 장인어른의 관직을 넘보라고 하는 것이냐!"

그 말에 공손도 태수가 호통을 쳤고, 그의 부인도 놀라워하며 부친의 눈치만 살폈다.

그러나 유우는 아무 일도 아니라는 듯 오히려 입가에 미소가 만들어졌다.

수현은 그런 유우를 보며 계속해서 말을 이어갔다.

"제가 이런 불손한 말씀을 올리는 것은 황숙을 위해서입니다, 지난 장순의 반란으로 북평태수와 심각한 마찰이 있었던 것으로 알고 있습니다."

"공손찬 그놈이 아무리 북평태수이고, 휘하에 백마의 종으로 불리는 기마대가 있다고 하여도 장인어른의 지휘 감독을 받는 놈에 불과하네."

장순의 반란이 있을 때 한나라 조정에서는 공손찬에게 난을 평정토록 하였다.

공손찬은 장순이 선비족에게 도망쳐 저항을 하자 강력하게 토벌에 나섰다. 그러나 그는 오히려 이민족들에게 포위를 당했다.

이에 한나라 조정에서는 유우를 유주목에 임명하여 난을 평정토록 하였다.

유우는 먼저 장순의 목에 현상금을 걸었고, 공손찬과 달리 이민족들에게 회유책을 폈다. 그러자 유우의 인망에 감복한 이민족들이 공손찬의 포위를 풀며 국경 밖으로 물러났다.

표리부동한 공손찬은 유우가 난을 평정한 것에 앙심을 품었고, 이때부터 유우와 공손찬 간의 악연이 시작되었다.

유우는 그런 생각을 하면서 입을 열었다.

"아니다, 북평은 기주에 속한다. 그러니 엄연히 따진다면 기주목의 감독을 받는다."

"장인어른은 황실의 종친이시고, 지방의 태수와 자사를 감독하시는 자리에 있습니다. 아무리 소속이 다르다 하여도 놈은 따를 수밖에 없을 겁니다."

"나도 백규(공손찬의 자) 그 사람이 매사를 힘으로만 처리하는 것이 못마땅하기는 했었다. 그런다고 그자가 나를 어찌하겠느냐?"

그런 말에 유우의 딸은 걱정이 되어 안쓰러운 표정을 내보이며 말했다.

"아버님, 사람의 일은 장담해서는 안 되는 것으로 알고 있습니다."

"피곤하니 오늘은 그만 가서 쉬어야겠다."

"장인어른, 제가 모시겠습니다."

유우가 자리에서 일어나자 태수와 그의 부인도 덩달아 일어났다.

모두들 유우를 따라 식당을 나가자, 홀로 남은 수현은 자신의 숙소로 돌아갔다.

수현은 숙소에서 노트북을 보며 앞으로의 계획을 세워갔다.

*　*　*

한편, 유주목 유우는 사위와 딸과 별도로 자리를 하여 수현을 두고 얘기를 나누기 시작했다.

"진 공자 그 사람, 비록 나이는 어리지만 참으로 뛰어난 혜안을 가지고 있더구나."

"저도 오늘에서야 진 공자의 진면목을 본 것 같습니다."

"이보게, 태수."

"예, 장인어른."

"만약에 진 공자의 예측대로 반동탁 연합이 일어난다면 그때는 내게로 와서 관직을 물려받게."

"아버님!"

"장인어른!"

태수와 그의 부인은 유우의 말에 화들짝 놀라며 바라보았다.

그러나 두 사람과 달리 유우는 진중한 모습으로 말을 이어갔다.

"그런 일이 일어난다면 진 공자의 말처럼 난세가 시작된다고 봐야 한다. 나는 성정이 유약하여 난세를 헤쳐 나갈 능력이 없다."

"장인어른, 제가 감히 어떻게 그런 일을 한단 말입니까!"

"난세에는 살아남는 자가 강한 자다. 그러니 태수는 정신을 바짝 차려야만 가족을 지킬 수 있을 것이다. 명심해야 한다."

태수 내외는 유우의 그런 말에 긴장이 될 수밖에 없었다.

난세에 어떤 일이 일어날지는 멀리서 찾을 필요도 없었다. 바로 얼마 전까지 전국을 혼란에 빠뜨렸던 황건적의 난이 그 방증이기 때문이었다.

"너희도 알 것이다, 황건적의 난이 일어나자 피난을 떠난 유민들이 내가 있는 곳으로 무려 백만이나 유입이 되었다."

"도움을 드리지 못해서 송구합니다."

"태수의 그런 마음은 내가 더 잘 아니 괜한 마음 쓸 필요 없다. 그보다 만약에 동탁을 죽이려는 일이 실제로 일어난다면 태수는 진 공자를 어떻게 할 것인가?"

"예? 그게 무슨 말씀이신지요?"

태수처럼 그의 부인도 부친의 말이 무슨 뜻인지를 몰라 궁금한 표정을 내보였다.

잠시 차를 마시던 유우가 잔을 내려놓으며 입을 열었다.

"그때는 진 공자를 사위로 받아들이게."

"예! 진 공자는 동이 출신입니다!"

"아버님!"

충격적인 발언을 하고는 마치 아무 일도 없었다는 듯이 유우는 느긋하게 차를 마셨다.

그러자 보다 못한 공손도 태수가 반문했다.

"장인어른, 진심이십니까?"

"내 휘하에 오환족 출신의 구력거가 있다. 그에게 은혜를 베푸니 이제는 내게 둘도 없는 심복이나 다름이 없다. 더구나 진 공자는 부모도 없는 처지이니 태수가 사위로 받아들인다면 진심으로 고마워할 것이다. 난세에 믿을 것은 가족밖에 없다. 진 공자가 보통 사람이라면 이런 말을 하지도 않는다."

그 말에 공손도 태수는 말이 없었다.

아무리 장인이라지만 하나밖에 없는 딸을 망국의 왕족인 진수현에게 주라고 하니 화가 치밀었다. 그러나 애써 참으며 부인을 바라보았다.

"당신은 어떻게 생각하시오?"

"진 공자가 평범한 사람이 아니란 것을 저도 알겠습니다, 그리고 난세에는 가족을 의지할 수밖에 없겠지요. 그러니 진 공자의 예측이 맞는다면 후일을 위해서라도 아버님의 의견에 따르는 것이 옳을 듯합니다."

"그, 그게."

"자네의 심정을 내가 왜 모르겠는가. 하나, 진 공자를 자네 사람으로 만든다면 큰 도움이 될 것이네."

"생각을 해보겠습니다."

"그렇게 하게. 그런데 화타 선생은 보이지 않는구나?"

"약초를 구한다고 하면서 오늘 아침에 떠났습니다. 빨라도 두어 달은 지나야 돌아오지 않을까 합니다."

"여기 온 김에 진맥이라도 받아보려고 했는데, 아쉽구나."

"어디가 불편하세요?"

딸이 걱정스러운 표정으로 묻자 유주목 유우는 별거 아니라는 듯이 말했다.

"얼마 전에 발목을 삐끗했는데 좀처럼 낫지가 않는구나."

"의원에게 보여주시지 그러셨습니까? 장인어른 연세가 있으시니 뼈가 상하지 않았는지 걱정입니다."

"의원에게 보였는데도 도통 차도가 없구나. 그래서 화타 선생에게 보일 겸해서 왔는데 없다니 아쉽구나."

"아! 진 공자에게 한번 보라고 하시지요."

"아버님, 진 공자가 소를 구해주었습니다. 화타 선생도 처음 보는 의술이라고 하였답니다. 그러니 한번 맡겨보시지요."

"그래볼까. 진 공자의 처소가 어디냐?"

"별채에 있기는 하지만, 여기로 오라고 하겠습니다."

"그럼 아이들도 여기로 오라고 하여라. 자연스럽게 교분을 맺는 것이 좋을 것 같구나."

"예, 그렇게 하겠습니다."

그렇게 결정이 나자 후원 내당 시녀가 수현을 찾아갔다.

그 무렵 수현은 별채에 있었다.

그는 탁자에 앉아 눈을 감고, 팔짱을 낀 채로 고민에 잠겨 있었다.

'태수가 나를 믿어줄까. 낮은 관직이라도 얻어야 그 동굴을 찾아갈 수 있을 텐데……'

그는 그런 생각을 하다가 품에서 손바닥 크기의 수첩을 꺼냈다. 그러고는 자신이 오늘 놓친 것이 없는지 살펴보았다.

"아니! 이자를 잊었다니!"

앞으로 일어날 일들을 요약해 두었던 것을 살피던 수현은 깜짝 놀랐다.

공손도 태수가 황실의 종친인 유우의 사위인 줄은 몰랐었던 것이다.

다만 자신이 좋아했었던 인물이 유우였고 관심이 있어 나름 알아본 것이었다. 그러다가 유우의 신상에 중대한 일이 발생하는 것을 알게 되었지만, 그만 잊고 지내고 있었다.

수현은 그런 사실을 어떻게 유우에게 전할지 고민했다.

"무턱대고 말하면 믿지 않을 것이고……."

삼국지에서 자신이 좋아했던 인물이 유우인지라 구해주고 싶었다. 그런데 마땅한 방법이 생각나지가 않았다.

그때 별채 시녀 보영이 안으로 들어왔다.

"진 공자님, 내당에서 공자님을 찾으신다고 합니다."

"나를?"

"예, 오실 때 진찰할 도구도 함께 가지고 오라고 하였답니다."

'이거 졸지에 의사가 되어버렸네, 어쩌지……'

태수의 막내아들을 살려주는 것까지는 좋았지만, 문제는 그 날 이후부터 공손도 태수가 자신을 의원으로 여긴다는 것이었다.

의원이 아니라고 했다가는 죽을 것만 같아서 말을 할 수도 없었다.

자신이 알고 있는 것이라고는 인터넷으로 습득한 현대 의학이었다. 정식 의사도 아닌 자신이 의원 행세를 해도 되나 싶었지만 지금은 어쩔 수가 없다고 생각했다.

수현은 피할 수만 있다면 태수와의 만남을 피하고 싶었다.

그러나 이곳에서는 왕이나 다름이 없는 태수가 오라고 하는데 못 간다고 할 수도 없어, 자리에서 일어났다.

"보영아, 상자가 있을까?"

"가져오겠습니다.

수현은 배낭을 열어 작은 크기의 플라스틱 구급상자를 꺼냈다.

잠시 기다리자 보영이 보자기에 싸인 것을 가져와 탁자에 올려두었다. 그것을 풀자 자개로 장식한 네모난 상자가 나타났다.

수현은 뚜껑을 열어 그 속에 구급약품을 넣었다.

'이걸 보고 뭐냐고 물으면……'

약품이나 붕대, 파스 같은 응급물품들은 모두 포장이 되어 있어 걱정이 되었다.

잠시 고민을 하다 별수 없다는 생각에 포장지를 모두 벗겨
냈다.

"이걸 모두 불태우거라."

"예, 공자님."

시녀 보영은 탁자에 쌓여 있는 포장지를 신기한 눈빛으로
바라보았지만 차마 물을 수가 없었다.

보영은 아무런 말없이 탁자에 있는 포장지를 가지고 나갔
고, 수현은 보자기를 묶더니 방을 나섰다.

별채 입구로 나오자 후원 내당의 시녀가 기다리고 있는 것
이 보였다.

수현은 그녀를 따라 후원으로 향했다.

내성을 지나 후원에 들어서자 한겨울 설경을 옮겨놓은 듯
한 아름다운 정원이 나타났다. 안주인이 거처하는 내당이라
그런지 고즈넉한 운치가 느껴졌다.

시녀는 내당 문을 열어주고 비켜났다. 수현이 안으로 들어
가자 태수의 가족들이 모두 모여 있는 것이 보였다.

"태수님, 환자가 있는지요?"

"진 공자, 아버님께서 얼마 전에 발목을 다치셨는데 차도가
없다고 합니다. 한번 살펴주시겠는지요."

'이상하네, 태수 부인의 말투가 왜 저렇게 변했지.'

태수 부인이 마치 자신을 오래전부터 알고 있었던 것처럼

친밀하게 말하자 거북스러웠다. 그러나 그런 것을 따질 때가 아니란 생각을 하며 유우에게 다가가서 공손히 인사를 했다.

수현은 탁자에 있는 의자를 유우 앞에다 놓고 물었다.

"황숙, 어느 쪽 다리가 불편하신지요?"

"오른쪽이네."

"그럼 신을 벗어보시지요."

그러자 시녀 둘이 다가와 유우의 신을 벗겨주었다.

면포로 만든 버선까지 벗겨내자 발목에 천을 동여맨 것이 보였다. 잠시 상태를 살피던 수현은 대기 중인 시녀들에게 말했다.

"물주머니와 대야를 가져다주게."

"예, 진 공자님."

'다행히 한겨울이라 얼음은 쉽게 구하겠구나.'

수현은 그나마 얼음을 구할 수 있는 시기란 것을 다행으로 여겼다. 만약 무더운 여름에 자신이 이곳으로 넘어왔다면 막막했을 것이라고 생각했다.

시녀에게 그처럼 말하고는 수현은 유우의 발목을 감싸고 있는 천을 풀어내었다. 그의 발목에 약초를 짓이겨 붙인 것이 나타났다.

잠시 기다리자 시녀가 물주머니와 대야를 가지고 들어왔다.

"대야에 발을 담그시지요."

그러자 수현의 말대로 유우는 대야에 발을 담갔다. 그러자 수현은 가죽 주머니에 물을 담아 약초를 씻겨냈다.

쪼르륵!

쪼르륵!

천천히 물을 부으며 발을 씻어내던 수현을 태수의 가족들이 신기한 듯이 바라보았다.

수현은 깨끗하게 발을 씻겨낸 후에 마른 천으로 닦아내며 말했다.

"제가 조금씩 움직여 보겠습니다, 아프시면 말씀을 해주세요."

"그러지."

수현은 유우의 발을 붙잡고 천천히 회전을 시켰고, 유우는 통증에 살짝 인상을 썼다.

"아! 그곳이네, 그곳이 너무 아프네."

수현은 오른쪽 발목 바깥쪽을 만지자 통증을 호소하는 그를 보고는 진찰을 끝냈다.

"다행이도 뼈와 인대는 상하지 않은 것 같습니다. 다만 갑작스러운 충격으로 근육이 놀라서 부종이 생겼습니다."

"그런가?"

"예, 간단하게 자가 치료를 할 수 있는 방법을 알려 드리겠습니다."

"부탁하네."

진수현이 가져온 상자를 열자, 신기한 눈빛으로 바라보는 사람들이었다.

"가위를 주게."

그러자 시녀가 어디론가 사라졌다가 무쇠로 만든 가위를 가져다주었다.

"진 공자, 그 상자 안에도 가위가 있지 않은가?"

"여기에 있는 것들은 환자들을 치료하기 위한 도구입니다. 그래서 함부로 사용할 수가 없습니다."

태수의 물음에 그처럼 답을 해준 수현은 가위로 가죽 주머니의 목 부분을 잘라냈다.

그리고 그것을 시녀에게 건네주었다.

"얼음과 물을 여기에 담아서 가지고 오너라."

"예."

시녀가 나가자 수현은 상자에서 붕대를 꺼내 유우에게 보여주었다.

"이걸 발목에 감아 드리겠습니다. 나중에 이와 비슷한 것을 만들어서 감싸면 될 것입니다."

"귀해 보이는데?"

"저희 가문에서만 만들 수 있었던 것입니다. 병사들의 상처를 이것으로 지혈합니다."

"그렇군, 전장에 그런 것이 있다면 병사들에게 많은 도움이 되겠어."

그때 밖으로 나갔던 시녀가 가죽 주머니를 가지고 돌아왔다.

수현은 그것을 받아 설명을 했다.

"다리를 접질렸거나, 타박상을 입어 부종이 생기면 냉찜질을 하는 것이 좋습니다. 이렇게 주머니에 물과 얼음을 조금 담아 상처 부위를 어루만져 주면 됩니다. 시각은 1각 정도로 하시고, 상황에 따라서 적절히 조절하시면 됩니다."

"알겠네."

그러면서 수현은 발목 부근을 가죽 주머니로 문지르기 시작했다.

그의 그런 모습을 모두들 말없이 지켜보았다.

잠시 지켜보던 유우가 물었다.

"진 공자는 이런 의술을 어디서 배웠는가?"

"제 가문이 한때는 서역과 깊은 교류가 있었습니다. 그때 서역에서 넘어온 의원에게서 이런 것을 배웠습니다."

"오! 사막 건너에 있다는 서역에서 찾아올 정도면 진 공자의 가문이 참으로 대단한 가문이었겠군."

"지금은 오갈 곳도 없는 떠돌이 신세입니다."

"그런 소리 말게. 사람이 자리를 잡고 정착을 하면 그곳이 고향인 것이나 다름없지. 내 사위에게 잘 말해두었으니 이곳에서 사위를 돕도록 하게, 그리해 줄 수 있겠나?"

"태수님께서 받아만 주신다면 그리하겠습니다."

그러자 유우가 고개를 들어 사위 공손도 태수를 바라보았다.

혼사에 관한 얘기 때문인지 공손도 태수는 그런 장인의 눈빛이 싫었지만 내색하지 않았다.

"진 공자, 자네에게 주부 자리를 맡길까 하네만."

"주부라면 무슨 일을 하는지요?"

"태수부의 문서를 관리하면 되네. 그다지 어렵지 않으니 어려움은 없을 것이네. 다른 일들이야 차차 배우면 될 것이네."

"감사합니다, 태수님의 뜻에 따르겠습니다."

그러자 유우가 흡족한 듯이 입가에 미소를 만들며 말했다.

"잘 생각했네."

"황숙께서 부족한 저를 잘 보아주셨기 때문이라고 여깁니다. 찜질은 이만하겠습니다."

"치료가 끝났는가?"

"아직 남았습니다."

그러면서 그의 발목을 마른 천으로 닦아낸 수현이 상자에서 파스를 꺼냈다.

모두들 하얀색에 네모난 것을 보고는 무엇을 하는지 궁금한 눈으로 바라보았다.

"이보게, 그건 뭔가? 특이하게 생겼군?"

"태수님, 이건 제 가문에서 비밀리에 전해지는 비방으로 만든 것입니다만 이제는 이것 몇 개만 남았습니다."

"자네는 제조법을 모르고?"

"미처 배우지를 못했습니다."

공손도 태수는 아쉽다는 표정으로 지켜보았다. 수현은 유우의 발목에 파스를 붙여주었다.

다친 발목에 파스를 붙이고 잠시 기다리자, 유우는 다친 부위에서 서늘한 느낌이 전해져 와 놀라며 입을 열었다.

"오! 신기하게도 이것을 붙이니 시원하구나."

"타박상과 지금처럼 접질린 곳에 약효가 좋습니다. 이걸 붙인 후에 여섯 시진 동안 약효가 지속됩니다."

"그럼 그 후에는 버리는 것인가?"

"예, 그러시면 됩니다. 혹시라도 너무 오래 붙여두면 피부가 상할 수가 있으니 그것만 조심하시면 됩니다."

"알겠네."

수현은 파스를 붙인 부위에 붕대를 감아 고정을 시켜주었다.

"이제 다 되었습니다, 내일 한 번 더 하겠습니다. 이렇게 이삼 일만 치료하면 예전처럼 편하게 걸을 수 있을 겁니다."

"고맙네, 거참 이렇게 시원하다니."

"할아버님, 이제 아프지 않으세요?"

"그렇구나, 진 공자의 의술이 참으로 대단하구나."

외손녀 공손란의 물음에 환하게 웃으면서 답하는 유우였
다.

수현은 마침내 자신을 태수부의 관리로 임명해 준 공손도
가 너무나 고마웠다. 이제는 대련에 있는 동굴을 찾아갈 방법
을 모색하면 되겠다 싶었다.

제7장
몰락하는 후한(後漢)

20여 일 후.

딸랑!

딸랑!

태수부 별채 처마 끝에 매달려 있는 풍경이 바람에 흔들리며 은은한 소리를 냈다.

수현은 별채 후원에서 풍경 소리와 눈이 내리는 야경을 유심히 바라보았다.

후원에 있는 정자에서 달빛에 반짝거리는 설경을 감상하니 저절로 고향 생각이 났다. 부모님이 너무도 그립고, 친구들 또한 사무치게 그리운 순간이었다.

어느 순간 자신도 모르게 눈물이 고여 들자, 보는 사람 하나 없건만 황급히 눈물을 훔쳐냈다. 그러고는 길고 긴 한숨을 내뱉었다.

"하아……."

간신히 살아남았다지만 과연 자신이 살던 시대로 돌아갈 수 있을지 알 수가 없으니 답답한 마음에 한숨만 흘러나왔다. 그런다고 이곳 태수부를 떠날 수도 없으니 마치 창살 없는 감옥에서 생활하는 것처럼 느껴졌다.

뽀드득!

뽀드득!

수현은 등 뒤에서 누군가 눈을 밟고 오는 소리가 들렸지만 신경 쓰지 않았다.

잠시간의 시간이 흐르자 그 발자국 소리의 주인공 음성이 들려왔다.

"진 공자님, 밤이 깊었습니다."

시녀 보영이 그렇게 말하며 수현의 등을 안쓰럽게 바라보았다.

그녀는 수현이 왜 저렇게 홀로 이곳에 나와 있는지 짐작이 되었지만 함부로 아는 척을 할 수가 없어 조용히 지켜만 보았다.

"보영아."

"예, 공자님."

이제는 자연스럽게 시녀 보영의 이름을 부르는 수현이었다. 보영 또한 수현과 매일 같은 공간에서 지내다 보니 정이 들었다. 그래서인지 그녀의 말에는 마치 연인을 대하는 듯한 애잔함이 배어 있었다.

"술을 구할 수 있을까?"

"안에 들어가 계시면 준비해 드리겠습니다."

"고맙다."

이때까지 단 한 번도 술을 마신 적이 없었던 수현이었다.

그러나 며칠 후면 원단이라 더욱 고향이 그리웠고, 술이라도 마시지 않으면 도저히 잠을 이룰 수가 없을 것만 같았다.

수현은 정자를 벗어나 자신의 거처로 향했고, 보영은 술상을 준비하기 위해 어디론가 향했다.

자신의 방으로 들어선 수현은 청동화로에서 뿜어져 나오는 열기를 느꼈다. 입고 있던 두루마기를 벗고, 탁자에 앉아서 지나온 일들을 떠올렸다.

서툴지만 태수부의 문서를 관리하는 일을 하게 되었고, 조금씩 주변 사람들과도 친분을 쌓아갔다. 하지만 마음 한구석에는 언제나 이곳을 떠나 고향으로 돌아가고 싶은 열망이 가득했다.

"돌아갈 수 있을까⋯⋯."

수현은 중얼거리듯이 말을 하고는 이내 힘없이 고개를 살짝 흔들었다.

고향으로 돌아갈 수 있는 유일한 희망이 지진을 피해 들어 갔던 그 동굴이었다. 하지만 막상 그 동굴에 가서도 고향으로 돌아갈 방법이 없다면 이 낯선 세상에서 죽을 때까지 살아가 야 한다고 생각했다.

수현은 그 점이 두려웠다.

앞으로 무슨 일들이 일어날지 알고는 있지만 자신이 그런 일에서 자유로울 수 있을까 싶었다. 이렇게 태수 밑에서 일하 는 하급 관리가 되었으니 언제 또다시 역사의 소용돌이 속에 빠질지 모르는 일이었다.

수현이 앞으로의 일을 두고 고민을 하고 있을 때 문이 열렸 다.

시녀 보영이 작은 술상을 가지고 들어오자 그는 애써 상념 에서 벗어났다.

투박한 옹기처럼 생긴 술병 하나와 작은 그릇, 삶은 고기를 썰어 담은 초라한 술상이 탁자에 차려졌다.

"수고했다, 그만 가서 쉬어라."

그러자 시녀 보영이 공손히 인사를 하고는 밖으로 나갔다.

쪼르륵!

쪼르륵!

술병을 집어 작은 그릇에 따르자 마치 막걸리처럼 생긴 곡 주가 알싸한 주향을 내뿜었다.

그때부터 수현은 고향을 그리워하며 쓸쓸히 홀로 술을 마셨다.

어김없이 다음 날 해는 떠올랐고, 다람쥐 쳇바퀴 같은 수현의 일상은 반복되어 갔다.

그렇게 시간은 하염없이 흘러갔고, 수현은 차츰 이곳의 사람으로 변모하게 되었다.

며칠 후, 마침내 원단 날이 밝았다.

파방!

파파파방!

양평성 내 곳곳에는 원단을 맞이해 청죽이 타면서 터지는 요란한 소리로 가득했다.

새해에 청죽을 터뜨리면 귀신을 쫓는다는 풍습이었고, 그때문에 남녀노소를 가리지 않고 작은 청죽을 태웠다.

수현이 머물고 있는 태수부 별채.

별채 마당 구석에 시녀 보영과 그녀의 동생 이평이 청죽을 들고 있었다.

"공자님, 어서 넣으세요."

"알았다."

수현은 미신이라고 말해서 분위기를 깨고 싶지 않아 타오르는 모닥불에 청죽을 던져 넣었다. 활활 타오르는 청죽이 갑자기 요란한 소리를 내며 터졌고, 이내 두 남매도 청죽을 태웠다.

수현이 그렇게 신년을 맞이하는데, 갑자기 총관 하균의 음성이 들려왔다.

"안녕하십니까? 진 공자님."

수현은 등 뒤에서 들려온 음성에 몸을 돌려 총관에게 인사를 했다.

"새해 복 많이 받으세요."

"진 공자님도 새해에는 복 많이 받으시기 바랍니다."

"아침부터 무슨 일로 찾아오셨습니까?"

"아직 조반을 드시지 않으셨지요?"

"예, 청죽을 태운다고 좀 늦었습니다."

"다행입니다, 태수님께서 조반을 함께 하자고 하십니다."

그 말에 수현은 총관을 따라 태수부의 후원으로 향했다.

공손도 태수는 종종 수현을 후원으로 불러 함께 식사를 했었기에 그는 별다른 생각 없이 내당으로 들어섰다.

그러나 수현은 이때 자신의 운명을 결정짓는 중요한 일이 기다리고 있는 줄은 미처 모르고 있었다.

내실에서 공손도 태수의 가족들을 만나 식사를 마친 수현이었다. 이후 유주목 유우가 태수의 자제들을 내보낸 후 수현에게 원형의 통을 내밀었다.

그 원통 안에는 황실의 종친인 유우의 아들 화가 낙양에서 보내온 한 통의 죽간 서신이 들어 있었다. 서신을 모두 읽은 수현은 이때를 기점으로 해서 역사의 전면에 나서게 되었다.

　　　　　＊　　　　　＊　　　　　＊

190년, 후한 헌제 초평 원년.

이때는 후한의 정세를 살펴보면 동탁의 공포정치가 극에 달하는 시기였다.

동탁은 189년 환관들을 죽이기 위해 대장군 하진의 부름을 받고 낙양으로 향했다.

그러나 낙양에 입성을 하기도 전에 대장군 하진이 오히려 환관들에게 죽임을 당하게 된다.

이때 호분중랑장 원술과 사례교위 원소가 환관들을 몰살하였다.

그 둘을 피해 환관 장양과 단규 등은 소제와 진류왕 유협(훗날 헌제) 둘을 인질로 삼아 도주했다. 그런 소식을 접한 상서 노식과 하남중부연 민공이 쫓아가 그들을 죽였다.

그러나 이때 동탁이 북망산에서 황제 일행을 영접하여 낙양으로 들어왔다.

원래 동탁의 병사는 불과 3천 명뿐이었다.

그러나 동탁은 사오 일 동안 밤에 몰래 도성 밖으로 군사를 보내놓고, 다음 날 아침 북을 울리며 입성시키기를 반복하여 대군인 것처럼 꾸며 위세를 보였다. 또한 죽은 하진, 하묘 형제의 병력을 자연스레 거두어 병세를 증가시켰다.

결정적으로 자신과 앙숙이었던, 집금오 정원의 양자 여포가 동탁의 꼬임에 넘어가 양부를 살해했다. 그렇게 동탁은 정적이었던 정원을 처리하고 그 병력을 흡수했고, 정말로 대군이 되었다.

더구나 훗날 '인중여포, 마중적토'라고 말할 정도로 무위가 뛰어난 여포까지 얻었으니 그의 일인천하라고 할 만했다.

그렇게 도성 낙양의 정권을 확실하게 장악한 동탁은 189년 9월이 되자 마침내 숨겨두었던 속내를 드러냈으니, 그것이 바로 황제의 폐위였다.

동탁은 소제를 폐위하고, 자신과 같은 성씨에게서 길러진 진류왕 유협을 황제로 옹립할 계획을 원소에게 먼저 밝히기로 한다.

중앙의 관리들을 감찰하는 사례교위 원소는 동탁을 찾아가는 내내 표정이 굳어 있었다.

원소가 불안한 마음으로 동탁의 저택을 방문하자, 뜻밖에도 동탁이 직접 문밖에서 자신을 맞이하는 것에 조금은 안심을 했다. 그러나 포악한 성정의 동탁이 언제 돌변할지를 몰라 마음 한편으로는 불안감이 남아 있었다.

미리 준비된 술자리로 원소를 안내한 동탁이 몇 번 술을 권하였고, 어느 정도 분위기가 무르익었다고 판단한 그가 속내를 밝혔다.

"이보게, 본초."

동탁이 은근하게 부르자 원소는 잔을 내려두며 그를 바라보았다.

"본초는 금상을 어찌 보는가?"

"그게 무슨 말씀이시오?"

"금상이 어리석으니 환관들에게 휘둘려 나라가 어지러워졌네."

"뭣이라!

갑자기 호통을 치며 벌떡 일어나는 원소였다. 그에 놀라 동탁도 덩달아 일어났다.

"불충하게 신하된 자가 감히 황상의 거취를 입에 담다니! 이제야 네놈이 역심을 드러내는구나!"

"뭐라! 역심!"

창!

갑자기 허리에 차고 있던 검을 빼 드는 원소였다.

"죽어라!"

원소가 칼을 빼 들고 달려들자 기겁하며 도망치던 동탁이 소리쳤다.

"여봐라!"

동탁의 고성에 밖에서 대기하고 있던 병사들이 우르르 안으로 들어왔다. 그러고는 원소를 향해 칼을 빼 들어 겨눴다.

그럼에도 원소는 주눅 들지 않고 당당한 모습으로 소리쳤다.

"천하에 강한 자가 어찌 동탁 네놈뿐이겠느냐!"

자신을 무시하는 원소의 태도에 동탁의 표정이 험악하게 변해갔다.

원소는 겉으로는 당당한 척하였지만, 속으로는 이 자리에서 죽겠다 싶어 칼을 들고 밖으로 나가 버렸다.

원소의 당당한 태도에 병사들은 감히 그를 막지 못하고 길을 열어주었다.

그제야 정신을 차린 동탁이 소리쳤다.

"저놈을 당장 죽여라!"

동탁의 호통에 병사들이 움직이려는 순간, 그의 책사 이유가 황급히 나섰다.

"멈춰라! 참으시지요."

"너는 저놈이 나를 무시하는 것을 보고도 참으라고 하는 것이냐!"

"원소의 가문은 사세 동안 삼공을 배출한 명문가입니다. 아직 대사를 어떻게 도모할지 정한 것이 없으니 지금 죽이시면 안 됩니다."

그러자 콧바람을 씩씩거리며 자리에 앉는 동탁이었다.

벌컥벌컥 술을 마신 동탁이 거칠게 잔을 내려놓았다.

탁!

"그럼 원소 저놈을 어찌해야 하는 것이냐?"

"내일 저녁에 조정의 대신들을 불러 결정을 보시지요. 그리

한다면 원소라 하여도 대세를 따를 것입니다."

"저들이 내 말을 들을까?"

"봉선이 있잖습니까. 그에게 내일 연회에서 호위를 서라고 하시지요. 그럼 저들은 겁을 먹고 함부로 반대하지 못할 것입니다."

"그렇군, 여포가 있었지."

이유의 말에 동탁은 그제야 화가 풀렸다.

동탁은 천하무쌍 여포가 있다면 그까짓 문신들이야 단숨에 정리가 될 것이라고 보았다.

한편, 원소는 꽁지에 불이 붙은 망아지처럼 도망쳐 나왔다.

그는 동탁이 언젠가 자신을 죽일 것이라고 생각하며 급히 낙양을 떠나 기주로 도망쳤다.

다음 날 원소가 도망쳤다는 것을 전해 들은 동탁은 대노하였고, 그날 밤 연회 자리에 참석한 원외에게 호통을 쳤다.

"네 조카 놈이 방자하기가 하늘을 찌르는구나. 마음 같아서는 원소 그놈을 당장 쳐 죽이고 싶지만, 너의 얼굴을 봐서 살려둘 것이다."

"조카의 무례를 용서해 주시니 감읍할 따름입니다."

"황제를 폐하고 진류왕을 새 황제로 옹립하려는 것을 너는 어떻게 생각하느냐?"

동탁의 물음에 원위는 주변을 둘러보았다.

연회장에는 여포가 병사들을 대동한 채로 시립해 있어 모두들 잔뜩 겁먹은 표정들이었다.

그런 공포 분위기에 겁을 먹은 원위는 자신의 목이 달아나게 생겼다는 것에 마지못해 답을 했다.

"당연한 말씀이시니 따르겠습니다."

그러자 동탁이 잔뜩 힘을 주더니 좌중을 바라보며 소리쳤다.

"앞으로 내가 하고자 하는 대사를 막는 자가 있다면 군령으로 엄히 다스릴 것이다!"

그러자 관리들 중 유일하게 노식만이 동탁에게 반하는 뜻으로 자리에서 벌떡 일어나 나가 버렸다.

이유의 만류에 노식을 살려주었던 동탁은 관리들에게 서둘러 새 황제의 즉위 준비를 하라고 말하며 자리를 떴다.

그렇게 공포를 조장하여 신황제를 옹립하기로 결정이 되자, 동탁은 자신에게 반항하고 도망친 원소의 처분을 이유에게 물었다.

"원소 그놈을 어떻게 해야 하는가?"

"원소의 가문은 명문가인 데다 주변의 인심을 두텁게 얻고 있어 각지의 인사들이 모여듭니다. 만약 원소를 몰아붙인다면 그는 분명 변란을 도모할 것이고, 그리한다면 원씨 가문에게 은혜를 입은 자들 또한 호응을 할 것입니다. 그러니 그를 책하지 마시고, 오히려 그에게 발해태수를 제수하여 달래

주시지요."

"뭐라? 놈에게 태수 자리를 주라고!"

"지금은 그렇게 하시고, 훗날 정국이 안정되면 그때 놈을 처리하는 것이 순리입니다."

"흐음… 그리하게."

"현명하신 판단이십니다, 그리고 환관들로 인해 민심이 어수선합니다. 그러니 명망 있는 인사들을 등용하시지요."

"적당한 이가 있는가?"

"몇이 있습니다."

그러면서 이유는 몇 사람을 추천하는데, 한복은 기주, 유대는 연주, 공주는 예주자사로 장자(張咨)는 남양태수가 적당하다고 말했다.

동탁!

진수가 편찬한 삼국지정사는 동탁을 이렇게 평했다.

〈동탁은 사람이 비뚤어져 계통이 없고 잔인하고 포학하며 비정했으니, 문자로 역사를 기록한 이래로 이와 같은 자는 아마 없었을 것이다.〉

굳이 진수의 평을 빌릴 필요도 없이 동탁은 악의 대명사였다.

하지만 서량의 보잘것없었던 동탁이 어떻게 조정을 장악했는지는 살펴볼 필요가 있다. 동탁이 그렇게 될 수 있었던 원인 중의 한 가지는 이유의 조언에 충실히 따랐다는 것이었다.

지금도 이유의 조언에 잠시 고민을 하던 동탁이 결정을 하였는지 입을 열었다.

"그럼 그자들을 등용하는 것으로 하지. 그렇게만 한다면 민심을 수습할 수 있겠나?"

"그렇습니다."

"그 일은 그렇게 처리를 하고, 내일 황제를 폐위할 수 있게 준비를 하게."

"내일 말입니까?"

"이런 일은 다른 놈들이 준비하기 전에 속전속결이 최상이다. 그러니 그렇게 알고 준비하게."

"알겠습니다. 그럼 내일 바로 실행하겠습니다."

그렇게 원소는 발해태수가 되었고, 이유가 추천하였던 이들 역시 그대로 관직에 제수되었다.

다음 날.

후한의 황제 소제(少帝)가 국정을 관장하는 대전.

황제가 있는 대전은 당연히 큰 소리가 밖으로 나가면 안 되었다. 그런데 지금 대전 안을 마치 제집인 양 활보하면서 소리치는 이가 있었다.

동탁은 황제가 있는 대전에서 너무도 당당하게 대신들을

향해 소리쳤다.

"천자가 어리석어 환관들의 농락에 놀아나 나라가 도탄에 빠졌으니 어찌 두고 볼 수 있겠나! 책문을 선포하라!"

그러자 이유가 책문을 읽어가는데 구구절절 황제를 비방하는 내용들이었다.

그렇게 책문을 읽어가던 이유는 마지막으로 황제의 거취를 정하는 말을 내뱉었다.

"이에 금상을 폐하여 홍농왕으로 강등한다. 또한 동태후께서 다시 정무를 보시게 하여 진류왕을 청해 황제로 삼으니 이는 천명을 따르고, 백성들의 소망에 부응하는 것이다."

이유가 책문을 모두 읽고 물러나니, 자리에 있던 신하들은 황제를 보기가 부끄러워 차마 고개를 들지 못했다.

쿵!

쿵!

요란한 소리를 내며 동탁이 멋대로 용상으로 올라가더니 옥새가 담긴 함을 열어 책문에 찍어버렸다.

그리고 단상을 내려다보며 소리쳤다.

"여봐라! 홍농왕을 당장 용상에서 끌어내려라!"

덜컹!

덜컹!

갑자기 대전의 문이 일제히 열렸고, 밖에서 대기하고 있었던 병사들과 여포가 안으로 들어왔다.

"여포! 당장 홍농왕을 끌어내려라!"

"예! 끌어내려라!"

여포의 명에 병사 둘이 단상을 올라가더니 홍농왕으로 강등된 소제를 거칠게 끌어내렸다.

그런 후에 마치 죄인처럼 대전에서 무릎을 꿇게 만드는 동탁이었다.

잠시 후 대전의 소식을 듣고 황급히 달려온 선황제 영제의 비이자 소제의 모후인 하태후가 대전에 들어왔다.

그러자 동탁은 하태후에게 험악한 표정으로 소리쳤다.

"태후는 홍농왕이 입고 있는 용포를 벗겨내시오!"

"네 이놈! 동탁! 네놈이 그러고도 무사할 성 싶으냐!"

"당장 이행하라! 그러지 않으면 병사들이 강제로 행하는 것을 볼 것이다!"

"어마마마, 그렇게 하시지요."

"황상!"

"병사들에게 강제로 벗겨지는 치욕만은 면하고 싶습니다."

그렇게 말하면서 눈을 감아버리는 소제였는데, 이내 눈물을 하염없이 흘렸다.

그러자 소제의 모후가 눈물을 흘리며 용포를 벗겨냈고, 그런 모습에 대전에 있는 대소신료들 또한 눈물을 흘리며 애통해하였다.

"동탁 네 이놈! 이 역적 놈아!"

갑자기 신료들 사이에서 고성이 터지자 모두들 소리가 난 곳을 바라보았다.

모두들 황실의 문서를 담당하는 상서 정관이 호통을 친 것에 놀란 표정을 보였다.

정관이 들고 있던 홀을 휘두르며 역적 동탁에게 달려들었다.

그러자 콧방귀를 끼며 비웃던 동탁이 소리쳤다.

"저놈을 끌고 나가 목을 쳐라!"

그러자 병사들이 달려들어 정관을 끌고 대전을 나가 버렸다.

물불 가리지 않고 달려든 정관을 죽이자 대전 안 신료들은 마치 물에 빠진 생쥐처럼 오들오들 떨기만 할 뿐이었다.

이날 동탁은 스스로 병권을 담당하는 태위에 올랐고, 헌제가 즉위하자 그 공을 빌미로 승상의 직위보다도 높은 관직인 상국에 올랐다.

그리고 동탁은 자신을 미후에, 모친을 지양군으로 봉했다.

이렇게 황제보다도 막강한 권력을 장악한 동탁이었다. 이후 신황제의 즉위교서는 전국으로 전해졌다.

*   *   *

189년 말기.

동년 9월, 후한은 동탁이 강제로 소제를 폐위시키고 헌제
가 등극하여 연호를 초평으로 했다.

서량군으로 불리는 막강한 군사력에, 황제보다도 더한 권력
을 장악한 상국 동탁의 악행으로 수도 낙양은 지옥이나 다름
이 없었다.

동탁은 황제를 배알할 때 오만불손하게도 칼을 찬 채로 전
각에 올랐다.

그 휘하의 군대는 살인, 약탈, 겁탈, 축재 등 온갖 전횡을 저
질렀다. 이에 낙양에 거주하는 모든 이들은 동탁의 공포통치
에 몸을 사리기 급급했다.

그러던 어느 날.

나라의 재정을 담당하는 관직인 사도(司徒) 왕윤이 관원들
이 모여 있는 전각에 들어가 말했다.

"오늘이 제 생일이니 저녁에 여러분들께서 누추한 제집에
방문하시여 박주라도 한잔 마셔주시기를 청합니다."

그러자 전각에 모여 있던 관원들이 일제히 참석을 하겠다
고 답을 했다.

그날 저녁에 사도 왕윤은 자신의 집 내당에서 주연을 열었
고, 약속한 대로 많은 신료들이 참석을 했다.

그들과 덕담을 주고받으면서 술이 몇 순배 돌자 갑자기 왕
윤이 흐느끼며 울었고, 모든 신료들이 깜짝 놀라며 그를 바라
보았다.

연회에 참석했던 한 관원이 그런 왕윤을 보며 물었다.

"사도께서는 오늘처럼 기쁜 생신날에 어이하여 그리도 우십니까?"

"실은 오늘이 내 생일이 아닙니다, 그저 여러분들과 회포나 풀려고 하였지만 행여나 동탁이 의심을 할까 두려워 핑계를 댔을 뿐입니다. 동탁의 만행으로 사직이 위태로운 지경이니 고조황제께서 이를 아신다면 얼마나 통탄을 하시겠습니까. 그 생각에 나도 모르게 그만 눈물을 흘리고 말았습니다."

사도 왕윤이 비통한 심정으로 그처럼 말하자 연회에 참석했던 모든 신료들도 흐느끼며 눈물을 흘렸다.

그때였다.

"으하하하하……."

갑자기 누군가 연회장이 떠나가라 웃어대며 박수를 치자 모두 그자에게 시선을 주었다.

사도 왕윤이 그자를 보니 기병대를 통솔하는 효기교위 조조였다.

조조가 소리 내어 웃는 것에 한 관원이 소리쳤다.

"맹덕은 어이하여 그리 웃는가!"

"이렇게 대소신료들이 많아도 밤낮으로 울기만 하니 그래서야 어디 동탁을 죽일 수나 있겠습니까."

다른 이들은 안중에도 없는 듯 빈정거리는 말투를 거침없이 내뱉는 조조였다.

그의 비아냥거림에 자리에 있던 신료들의 얼굴이 잔뜩 굳어져 갔다.

그러자 보다 못한 사도 왕윤이 그런 조조를 꾸짖었다.

"너의 조상들도 나라의 녹을 먹었는데 너는 그 은혜에 보답은커녕 웃기만 하느냐! 여봐라! 저자를 당장 내쳐라!"

"으하하하, 겁먹은 토끼 백 마리가 아무리 모여봐도 호랑이를 잡지 못할 것이다!"

하인들에게 끌려 나가면서까지 소리치는 조조였다.

조조의 그런 말을 듣자 모두들 쥐구멍에라도 숨고 싶은 심정이었고, 하나둘씩 자리에서 일어나 연회장을 떠났다.

한편, 조조는 왕윤의 저택 밖에서 안을 기웃거리고 있었다.

연회에 참석했던 이들이 떠나고, 거리가 한산해지자 누군가 조조에게 다가갔다.

조조는 유등을 들고 다가오는 이를 자세히 보고 왕윤의 총관이란 것을 알게 되었다.

사도 왕윤의 총관이 조조에게 다가오더니 은밀하게 말했다.

"사도께서 은밀히 교위님을 모셔오라고 하셨습니다."

"가세."

"저를 따라오시지요."

조조는 총관을 따라서 어디론가 향했고, 텅 빈 방으로 안내를 받았다.

장식품조차 없는 초라한 방에서 잠시 기다리자 사도 왕윤이 나타났다.

　　왕윤은 조조에게 깊이 허리를 숙여 보이며 말했다.

　　"조금 전에는 보는 눈이 많아서 부득이하게 큰소리를 내었다네."

　　"괘의치 않으셔도 됩니다, 저도 짐작을 했었습니다."

　　"앉게."

　　그 흔한 탁자조차도 없어 차디찬 바닥에 앉는 조조였다.

　　왕윤은 조조가 자리에 앉자마자 물었다.

　　"자네의 말은 동탁을 죽일 계책이 있다는 것인가?"

　　"물론입니다."

　　"어떻게 동탁을 죽일 것인가?"

　　"사도께서 보검을 가지고 계신다고 들었습니다."

　　"맞네, 칠성보도라 하는데 무쇠도 단번에 가르는 보검이네."

　　"그것을 제게 빌려주신다면 내일 동탁을 찾아가 놈의 목을 베어 성문에 걸어두겠습니다!"

　　"진심인가!"

　　"장부의 입으로 어찌 두말을 하겠습니까!"

　　그러자 왕윤은 자신의 수염을 어루만지며 고민에 빠졌다.

　　어설프기 짝이 없는 암살 계획으로 들렸지만, 조조의 당당한 모습을 보니 왠지 기대를 걸어보고 싶어졌다. 곧 사도 왕윤은 하인들에게 술을 내오라고 했다.

잠시 기다린 끝에 술상이 들어왔고, 왕윤은 조조에게 잔을 바치면서 술을 따랐다.

그러더니 자리에서 일어나 조조를 향해 크게 절을 했다.

"맹덕, 자네의 충절은 만대에 전해질 것이네."

그러자 조조는 술을 한입에 털어 넣고는 자리에서 벌떡 일어났다. 그는 결의에 찬 표정으로 왕윤에게서 받은 칠성보도를 빼 들었다.

챵!

"저를 믿어주시니 반드시 동탁 그 역적 놈의 목을 치겠습니다!"

그렇게 의기를 다진 조조는 은밀히 왕윤의 저택을 빠져나갔다.

다음 날.

조조는 상국 동탁을 찾아갔다.

부중에는 병사들이 삼엄하게 경계를 하였다. 하지만 동탁은 조조가 환관의 가문이라지만 명문가 출신이라 우대하였다. 그러기에 평소에도 조조는 동탁이 있는 곳을 출입하는 것에 큰 어려움이 없었다.

조조는 병사들의 검문을 받지도 않고 부중으로 들어갔다.

'하늘이 도우시는구나!'

조조가 동탁이 있는 곳에 도착을 해보니, 하늘이 돕는 것인지 때마침 낮잠에 빠져 있는 동탁이 보였다.

푸우후~!

푸후!

비대한 덩치의 동탁이 숨을 쉴 때마다 거친 소리가 들려왔다. 조조는 긴장된 모습으로 살금살금 동탁에게 향했다.

침상까지의 거리라고 해봐야 몇 걸음에 불과했지만 조조에게는 마치 천 리 거리처럼 멀게만 느껴졌다.

그는 마침내 등을 돌린 채로 잠들어 있는 동탁에게 다가가서 품 안에 숨겨왔던 칠성보도를 꺼냈다.

그때였다.

"맹덕! 지금 뭐 하는가!"

조조는 갑자기 등 뒤에서 들려온 중랑장 여포의 음성에 화들짝 놀랐다.

그러자 동탁이 눈을 뜨더니 바로 앞에 있는 청동거울을 바라보았다.

그는 조조가 자신의 뒤에 있는 것이 보이자 화들짝 놀라 벌떡 몸을 일으키며 소리쳤다.

"맹덕! 지금 뭐 하는 짓이지!"

절체절명의 순간 조조는 기지를 발휘하여 동탁 앞에 허리를 숙였다.

"상국, 제가 오늘 보도를 얻었습니다. 그래서 이렇게 상국께 선물을 하려고 가져왔습니다."

"오! 그런가."

그러면서 조조는 동탁에게 칠성보도를 바쳤다.

동탁은 조조가 바친 보도에 보석들이 장식되어 있는 것을 보고는 한눈에 평범한 것이 아님을 알아챘다.

스르르릉!

천천히 보도를 빼서 살펴보던 동탁은 예리한 기세가 느껴지자 근처에 있는 청동거울 앞으로 갔다. 그러고는 힘차게 내리그었다.

쿵!

쿠궁!

동탁의 칼질에 단단한 청동거울이 반으로 쩍 갈라지며 바닥에 떨어졌다.

"오! 참으로 대단한 칼이구나, 맹덕."

"예, 상국."

"정말 이걸 내게 선물하는 것이냐?"

"이 세상에 오직 상국만이 그 칼의 주인이라고 여겼기에 가져온 것입니다."

"하하하, 고맙구나. 너에게 큰 상을 내리마."

"그러시면 상국께서 제게 준마 한 마리를 하사해 주신다면 감사하겠습니다."

"준마?"

"예, 제가 명색이 기병대의 대장이라는 효기교위인데 지금 제 말이 늙어서 볼품이 없습니다."

"쯧쯧, 그래서야 자네의 면이 서지 않겠지. 봉선."

"예, 양부님."

"맹덕에게 준마 한 필 내어주어라."

"예, 따라오시오."

조조는 간신히 위기를 모면했다는 생각으로 여포를 따라 마방으로 향했다.

여포는 조조가 환관의 자손이라는 이유로 무시를 하였기에 가는 내내 단 한마디도 하지 않았다.

마방에 도착하자 몇 마리 말들이 보였고, 여포가 한 마리 준마를 끌고 나왔다.

조조가 보기에도 명마로 보이는지라 그는 공손히 읍을 하며 말했다.

"이토록 훌륭한 말을 주시니 고맙소이다."

"나는 상국의 지시에 따랐을 뿐이오. 이제 이 말의 주인은 맹덕 당신이오."

"이토록 좋은 말을 보니 몸이 근질거리는 것이 도저히 참을 수가 없는데, 나가서 타보아도 되겠소?"

"하하하, 나도 양부께 적토를 받았을 때 그대와 같은 심정이었소. 얼마든지 그렇게 하시오."

그러자 조조는 말고삐를 받고 부중을 나가 빠르게 성문으로 내달렸다. 그러고는 뒤도 돌아보지 않고 자신의 고향인 수춘으로 달아났다.

그런 일이 있고 얼마 지나지 않아 이유가 나타났다.

이유는 조조가 보도를 진상했다는 말을 듣고는 순식간에 전후사정을 파악했다.

"상국! 조조는 상국을 암살하려고 했던 것입니다!"

"그게 무슨 말이냐?"

흐뭇한 표정으로 칠성보도를 만지작거리고 있었던 동탁이 놀라서 물었다.

"조조, 그놈이 괜히 그런 엄청난 보도를 가지고 상국을 찾아왔겠습니까! 속히 조조 그놈을 붙잡으시지요!"

"여포! 여포는 어디 있느냐!"

동탁은 뒤늦게 조조가 자신을 암살하려고 했다는 것을 깨닫고는 병사들을 보내 잡아오도록 하였다. 그러나 준마를 얻어 도망친 조조를 잡을 수가 없었다.

그렇게 신황제의 즉위와 조조의 동탁 암살 미수 사건은 빠르게 각지로 전해지게 되었다.

제8장
결혼을 하다

　새해가 되고 얼마 지나지 않아 요동태수 공손도는 조정에서 전해진 교서를 받고 경악을 했다.

　공손도 태수는 이미 작년에 처남인 유화에게서 이런 일을 전해 받았었다.

　태수는 자신의 집무실에서 탁자에 놓인 신황제의 즉위교서를 뚫어져라 바라보았다.

　'설마 했는데, 실제로 이런 일이 생기다니……'

　공손도 태수는 눈을 감고 자신의 앞날을 생각했다.

　새로운 황제야 자신에게 크게 문제 될 것은 없어 보였다. 하지만 홍농왕으로 강등된 소제가 문제였다. 그러니까 원단을 맞이하는 그날, 처남 유화가 인편으로 보내온 서신에 홍농왕의 여동생을 빼돌리려고 한다는 거였다.

워낙에 중요한 일인지라 장인과 함께 의논을 하였고, 수현의 계책대로 장인이 태수로 있는 계로 내황공주를 빼돌리기로 결정을 보았다.

그런 일을 생각하면 할수록 자신의 앞날이 불안하게만 여겨졌다.

중원의 혼란 속으로 뛰어들자니 호시탐탐 자신과 장인을 노리는 공손찬이 마음에 걸렸다. 그런다고 가만히 있자니 자신이 도태되는 느낌이었다.

그렇게 고민을 하던 중에 불현듯이 진수현이 생각났다.

'그래 진 공자라면 좋은 수가 있을 것이다!'

그는 이미 이런 일을 예견하였던 수현이라면 분명 자신이 나아갈 길을 알려줄 것이라고 생각했다. 그러면서 장인이 수현을 사위로 받아들이라고 하였던 말도 생각했다.

솔직히 공손도 태수는 수현이 사위로 탐탁지가 않았다. 하지만 막상 중원의 정국이 혼란스러워지자 수현이 간절히 생각났다.

'장인어른의 말씀이 옳았다. 난세에 믿을 것은 가족뿐이다!'

그는 더 이상 가만히 있을 수가 없어 자리에서 일어나 황급히 후원으로 향했다.

눈이 쌓인 길을 따라 다급히 걸어간 공손도가 내당 앞에 도착하자 시녀들이 문을 열어주었다.

그러자 장인 유우와 아내, 세 자녀들이 얘기를 나누고 있는 모습이 눈에 들어왔다.

유우는 원단을 손주들과 함께 보내기로 하여 여전히 양평에 머물고 있는 중이었다.

그는 사위가 다급하게 들어오는 것을 보고는 불안한 마음으로 물었다.

"무슨 일인가?"

"큰일 났습니다! 이걸 보시지요!"

그러면서 장인에게 즉위교서를 보여주었고, 그것을 읽고는 딸에게 건네주는 유우였다.

유우의 딸 또한 즉위교서를 보고는 경악을 하며 말한다.

"이럴 수가! 진 공자의 예측대로 동탁이 황제를 폐했습니다!"

공손도 태수는 자리에 앉으면서 장인을 보며 물었다.

"장인어른, 이제 어떻게 해야 합니까? 진 공자의 말처럼 동탁이 황제를 폐했다면 그에 반하는 연합이 만들어질 공산이 큽니다."

"너희들은 그만 처소로 돌아가거라."

세 아이들에게 그처럼 말한 유우는 잠시 기다렸다. 그리고 아이들이 모두 밖으로 나가자 굳은 표정으로 입을 열었다.

"진 공자의 예측이 맞았다면 분명 동탁을 죽이려는 연합이 만들어질 것이다."

"그럼 어떻게 합니까?"

"진 공자의 말대로 이제는 태수가 노선을 정해야 할 때다. 어떻게 할 생각이냐?"

"저는 연합에 가담하지 않고 이곳에서 지켜볼까 합니다."

"그것이 전부이더냐?"

"예?"

"진 공자가 그런 일이 일어난다면 내 자리를 물려받으라고 하지 않았더냐."

"아버님!"

유우의 딸이 그 말에 놀라서 어쩔 줄을 몰라 했다.

그러나 이미 그런 계획을 세웠던 유우는 침착한 모습으로 말을 이어갔다.

"지금은 진 공자가 말한 그 수가 최선이다, 만약 유주를 다른 이에게 빼앗긴다면 너희들이 어떻게 될지 모르는 일이다."

"아버님, 만약에 그렇게 한다면 그 후에는 어떻게 해야 하는 건지요? 지켜만 본다고 해서 능사가 아니지 않습니까?"

유우는 딸의 말에 깊은 신음을 내뱉으며 고민을 해보았다.

"흐음……."

한 치 앞을 분간할 수 없는 안개 정국인 상황에서 어떤 결정을 내려야만 살아남을 수 있을지 막막했다.

자신이 아무리 고민을 해보아도 길이 보이지 않자 그는 태수와 딸을 번갈아 보며 입을 열었다.

"진 공자를 사위로 받아들이자. 그래야만 그도 살고 너희도 살 수 있다."

그러자 그의 딸은 공손도를 바라보았다.

공손도는 이미 후원에 오기 전에 수현을 사위로 받아들일 생각을 했지만 막상 그런 속내를 밝히기가 어려웠다.

"다른 방도는 없는지요?"

"이보게, 사위."

"예, 장인어른."

"내 솔직히 말할 것이니 서운하게 받아들이지 말게. 자네가 태수가 된 후로 얼마나 많은 사람들을 죽였나."

"아버님!"

딸이 화들짝 놀라며 불러도 유우는 공손도를 바라보며 계속 말을 했다.

"자네 주변을 둘러보게. 이 난세에 자네를 도와줄 이가 몇이나 있는가?"

공손도는 장인의 말에 꿀 먹은 벙어리처럼 아무 말도 못 했다.

"당연히 없겠지! 이래도 내가 무슨 뜻으로 진 공자를 자네의 사위로 받아들이라고 한 것인지 모르겠는가?"

요동태수 공손도!

유주 현도군의 하급 관리에서 한순간에 태수로 승직한 공손도였다.

그는 현도군의 하급 관리로 지낼 때 현령이 자신의 큰아들을 조롱한 것에 앙심을 품고 있었다.

한때 기주자사를 지냈던 공손도였다. 비록 뜬소문에 의해 자사직에서 물러나기는 했지만, 일개 현령 따위가 자신의 아들을 부리는 꼴을 용납할 수가 없었다.

그러다 같은 요동군 출신 서영이 동탁에게 천거하여 요동태수에 임명되었다.

마침내 태수 자리에 오른 공손도는 그동안 벼르고 있었던 현령을 붙잡아 양평의 저잣거리에서 목을 쳐버렸다. 그리도 그동안 자신을 무시하였던 요동의 호족들도 죽였는데 그 수가 백이 넘었다.

그런 공손도의 만행에 요동의 주민들이 불안해하였다.

장인 유우의 말에 공손도 태수는 지나온 일들을 떠올리며 표정이 굳어갔다.

잠시 굳은 표정으로 있던 그가 입을 열었다.

"장인어른의 말씀에 따르겠습니다. 하나 란이가 걸립니다."

"그것은 제가 잘 말해보겠습니다."

"그래라. 가서 란이에게 잘 말해보고, 사위는 나와 함께 진 공자의 처소로 가서 혼인 승낙을 받아내세."

"알겠습니다."

그리고 세 사람은 자리에서 일어났고, 유우의 딸은 곧바로 어디론가 향했다.

공손도 태수의 부인 유씨가 도착한 곳은 내당 뒤에 있는 작은 별채였다.

그곳은 공손도 태수의 딸 공손란의 거처였다.

공손란은 자신의 방에서 수를 놓으며 시간을 보내고 있었다.

이제 열일곱이 된 그녀는 진수현의 관점에서는 미인이라고는 할 수 없었다. 그러나 성품이 인자하여 아랫사람이라도 함부로 대하는 법이 없었다.

"란아."

모친의 음성이 들려오자 공손란은 탁자에서 일어났다.

방문을 열고 안에 들어온 유씨가 자리를 잡고 앉으며 딸을 물끄러미 바라보았다.

'그때 죽지만 않았더라면…….'

고대 사회의 평균 수명은 50년 정도였다. 그러다 보니 이 시기의 사람들이 생각하는 결혼 적령기는 남자는 18세, 여자는 15세 정도였다.

당연히 그녀의 부모는 공손란이 14살이 되던 해에 혼처를 정했다. 그런데 그녀의 나이가 15살이 되던 해에 신랑이 될 사내의 가문이 황건적들에게 모조리 죽어버렸다.

그래서 공손란의 혼인은 무산되고 말았다.

부모님에게는 말하지는 않았지만 공손란은 얼굴 한 번 본 적이 없는 정혼자가 죽은 것에 그다지 슬프지가 않았다.

공손도 태수의 부인 유씨는 만감이 교차하는 듯 애잔한 눈빛으로 딸을 보았다. 그녀는 잠시 그렇게 딸을 바라보다 입을 여었다.

"란아."

"예, 어머니."

"너도 요즘 분위기가 심상치 않다는 것을 알고 있지?"

"자세히는 모르나 짐작은 됩니다."

그러자 공손란의 모친 유씨가 돌아가는 정국을 자세히 말해주었다.

공손란은 동탁이 황제를 폐했다는 말에 경악을 하였고, 반동탁 연합이 만들어지면 부친이 위험해진다는 말에 두렵기만 했다.

"그런데 이 모든 일을 예측한 사람이 있었다."

"진 공자님을 말씀하시는 건가요?"

"그래, 진 공자가 이런 일을 예측했었다. 나도 설마 했었지만 막상 이런 일이 실제로 터지고 나니 그의 신묘한 능력이 놀랍기만 하더구나."

그러면서 딸의 손을 붙잡는 유씨였다. 모친의 그런 행동에 공손란은 자신도 모르게 심장이 요동쳤다.

"란아, 난세에 믿을 것은 가족뿐이다. 황건적의 난이 터지자 얼마나 많은 사람이 죽었더냐."

"예, 저도 그렇게 생각하고 있어요."

"그래서 하는 말인데 너와 진 공자가 혼인을 하였으면 한다."

"어머니!"

자신의 말에 놀란 공손란을 달래기 위해 그녀의 손등을 토닥거려 주는 유씨였다. 그녀는 시간이 조금 흐르고 딸이 진정을 한 것 같자 다시 말을 이어갔다.

"진 공자가 왕족이라고는 하지만 지금은 홀몸에 오갈 곳도 없는 사람이라는 것은 나도 안다. 하지만 할아버님이나 아버님이나 진 공자가 평범한 사람이 아니란 생각을 하는 것 같았다. 그런 사람을 사위로 받아들인다면 아버님은 물론이고 너와 동생들도 지켜낼 수 있을 것이다."

그러자 공손란은 말이 없었다.

그녀는 곰곰이 진수현을 떠올려 보았다.

6척이나 되는 훤칠한 키에, 준수한 외모의 수현을 떠올리니 마냥 싫지만은 않았다. 더구나 부모님께 도움이 될 수도 있다고 하니 그와 혼인을 하는 것도 나쁠 것이 없다 싶은 그녀였다.

"저는 부모님의 결정에 따르겠습니다."

"고맙구나, 혼인을 하여도 진 공자가 홀몸이니 여기서 함께 지내도 된다. 그럼 힘들지 않을 것이다."

"예, 어머니."

유교를 받아들인 한나라였고, 그런 교육을 받고 자란 공손 란은 부모님이 정한 혼처를 받아들였다.

*　　　　*　　　　*

한편, 진수현이 지내고 있는 별채.

수현은 지금 별채 옆 작은 공터에서 무언가를 만들고 있는 중이었다.

그의 시종 이평이 곁에서 그를 도와주며 신기한 듯이 바라보다가 물었다.

"공자님, 그게 뭡니까?"

"주판이란 것이다."

"주판요?"

"그래, 이제 다 만들었다."

이평은 기다란 나무 상자에 말린 율무를 끼워 넣은 것으로 뭘 하려는지 궁금하였지만, 감히 노비의 신분으로 물을 수가 없어 가만히 지켜보았다.

잠시 동안 자신이 만든 주판을 움직여 보던 수현은 생각한 대로 만들어지자 입가에 환한 미소를 만들며 기뻐했다.

"됐다, 이것만 있으면 편하겠네."

수현은 사람들이 많은 곳에서는 함부로 스마트폰이나 노트북을 사용할 수 없자 불편하기만 했다. 그래서 생각한 것이 주판이었다.

"이보게, 진 공자."

평상에 앉아 자신이 만든 주판을 보며 즐거워하던 중, 수현은 갑자기 부르는 소리에 몸을 일으켜 돌아보았다.

그리고 별채 입구에 황숙 유우와 공손도 태수가 들어오는 모습에 서둘러 마중을 나갔다.

"오셨습니까?"

수현을 보자 황숙 유우는 입가에 미소를 만들며 물었다.

"날도 추운데 밖에서 뭐 하고 있었더냐?"

"문서를 정리하는 데 연산을 해야 할 일이 많아서 주판을 만들었습니다."

"주판?"

수현이 평상으로 가서 주판을 보여주자 두 사람은 그것을 바라보며 고개를 갸웃거렸다.

도무지 무슨 용도인지 알 수가 없으니 자리에 앉으며 묻는 유우였다.

"주판이라는 것이 어디에 쓰는 물건이더냐?"

"태수부에서 사용하는 산목을 들고 다닐 수 있게 개량한 것입니다."

"산목을 개량했다고?"

"예, 태수님."

이 당시에는 산목이라는 계산기가 있었다.

널따란 나무판에 홈이 패어 있었고, 계산식에 따라서 일일이 돌을 홈에 두면서 계산을 하는 방식이었다. 산목은 크고 무겁기에 관공서나 상인들 외에는 그다지 사용하지를 않았다.

수현은 그 산목을 자신이 어릴 때 배웠던 주판으로 개량하였다.

"설명을 해보겠느냐?"

유우의 말에 수현은 평상에 주판을 두며 설명을 했다.

"주판은 위에 있는 하나의 돌이 5를 나타냅니다. 그리고 밑에 있는 돌은 각각 1을 나타냅니다. 만약에……."

그러면서 수현은 9,782라는 수를 주판알로 만들어 보였다.

"왼쪽으로 가면서 첫째 자리가 일의 단위이고, 다음은 십의 단위, 그다음은 백의 단위입니다."

"아! 그러면 이렇게 주판을 보면서 계산을 하고자 하는 수를 눈으로 확인을 할 수 있겠구나?"

"그렇습니다, 만약 수를 더하고 싶으면……."

그러면서 수현은 주판을 이용해 간단한 더하기를 해보였다.

그러자 유우와 태수가 감탄을 했다.

"허, 이런 것이 있다면 들고 다니기가 편하니 참으로 유용하 겠어."

"저도 그렇게 봅니다. 장인어른, 대단하지 않습니까?"

"그래 보이네. 돌아가면 부중의 관리들에게 저것을 전해주 어야겠군. 그리해도 되겠느냐?"

"황숙께서 편하실 대로 하시지요, 저는 괜찮습니다."

"고맙네."

"그런데 갑자기 여기까지 무슨 일로 오셨는지요?"

"안으로 들어가세."

그렇게 말하면서 별채로 들어가는 유우였고, 그 뒤를 태수 가 따랐다.

수현은 두 사람이 자신을 찾아온 이유가 홍농왕으로 강 등된 소제의 여동생에 관한 일로 생각하며 별채로 들어갔 다.

탁자에 자리를 잡고 앉자 유우가 먼저 말했다.

"진 공자."

"예, 황숙."

"오늘 즉위교서가 내려왔네."

"아! 끝내 일이 그렇게 되어버렸군요."

"그래서 자네의 말대로 이제는 반동탁 연합이 결성될 것이 라고 믿네."

"그럴 겁니다."

"그럼 내황공주의 일을 진행해야 하지 않겠나?"

"지난번에 말씀드린 것처럼 연합이 결성되면 동탁은 홍농왕 전하의 감시에 신경 쓸 여력이 없을 겁니다. 날이 풀리면 내황 공주를 계로 모시도록 하시지요."

그러자 유우와 공손도 태수는 알았다는 듯이 고개를 끄덕였다.

수현은 원단 아침에 유우의 아들 화가 은밀히 보내온 죽간 서신을 통해 내황공주를 알게 되었다.

수현 본인은 모르고 있었지만 내황공주를 구하기로 마음을 먹은 이때부터 역사의 전면에 등장하게 된 것이었다.

"외람된 말이지만 내황공주님께서 오신다면 거짓 칙서를 막는 데 유용할 것입니다. 이는 태수님 앞날에 매우 중요한 일입니다."

"이미 그러기로 결정을 하였으니 그런 얘기는 그만하고, 장인어른께서 말씀을 하시지요."

"진 공자, 앞으로 난세가 닥친다면 나는 태수와 딸은 물론이고 세 손주들도 걱정이 된다네. 이런 어지러운 세상에 믿을 것은 가족이지 않겠나?"

"가족만이 든든하고 믿을 수 있지요."

"바로 보았네. 그래서 하는 말인데, 자네 여기 있는 태수의 딸을 어찌 생각하나?"

"예?"

수현은 갑작스러운 말에 순간 당황하여 멍한 표정으로 유우를 바라만 보았다.

멍하니 자신을 바라보는 수현을 보자 유우는 말을 꺼낸 김에 밀어붙일 심산이었다.

"자네도 이곳에서 정착을 해야 하지 않겠는가?"

"그렇기는 하지만."

'이게 무슨 일이야. 난 고향으로 돌아가야 하는데……'

수현은 고향으로 돌아가기 위해 대련으로 가서 그 동굴을 찾아야만 했다.

그런데 갑자기 태수의 딸을 거론하는 것에 불안감이 엄습해 왔다.

"그래서 하는 말이네. 란이를 자네의 배필로 받아주게."

"황숙!"

"이미 태수도 동의하였네. 그러니 자네의 결단만 있으면 된다네. 혼인을 하면 자네와 태수 모두에게 좋은 일이 아니겠는가?"

그런 말에 슬쩍 수현은 공손도 태수의 표정을 살폈다. 공손도 태수가 굳은 표정으로 있는 것을 보자 자신에게 다른 선택지가 없다는 생각이 들었다.

'어쩌지. 거절하면 태수가 죽이려고 할 텐데……'

갑작스러운 상황에 당황을 했지만, 그는 이내 정신을 바짝 차렸다.

그러면서 다시금 자신에게 주어진 현실을 되돌아보았다.

수현은 이 낯선 세상에서 벗어나 고향으로 돌아갈 수 있을지가 의문이었다. 만약 이곳에서 살아가야 하고, 결혼까지 해야 하는 입장이라면 그 상대로 공손도 태수의 딸이 최선인 것 같았다.

'하지만 결혼을 하게 된다면 고향으로 돌아가는 것을 포기해야 하는데……'

수현은 고향과 결혼을 두고 심각하게 저울질을 했다.

시간이 지나갈수록 수현은 자신이 고향으로 돌아갈 수 있는 가능성이 희박하다고 생각했다.

그는 골몰히 생각에 빠졌고, 유우와 공손도 태수는 초조한 마음으로 답을 기다렸다.

그러나 수현은 자신의 인생이 걸린 일이다 보니 두 사람은 안중에도 없었다.

막상 결혼을 하는 것으로 결심을 굳히자 마음에 걸리는 것이 떠올랐다. 이런 상황에서 결혼을 하면 당연히 자식이 태어날 것이고, 그것 때문에 갈등을 했다.

정말이지 운이 좋아 자신이 살던 시대로 돌아갈 수 있게 된다면, 그때 처자식을 두고 고향으로 돌아갈 수 있을지가 걱정이 되었다. 아무리 자신이 과거로 넘어온 존재라도 처자식을 버릴 수는 없다고 생각했다.

수현이 말은 안 하고 깊은 고민에 빠져 있자 보다 못한 공손도 태수가 물었다.

"왜 내 딸이 마음에 들지가 않은가?"

"아, 아닙니다! 실은 저는 언젠가 고향에 돌아가려고 생각했습니다. 그런데 제가 영애와 혼인을 한다면 당연히 자식이 생길 것이고, 그 후에는 어찌하실 겁니까?"

"자네가 고향으로 간다고 해서 지금 당장에 갈 수 있는 처지가 아니지 않은가. 그리고 고향에 간다고 하여도 아주 멀리 가는 것은 아니지. 그깟 천 리 길, 마음만 먹으면 못 갈 것도 없지."

"태수의 말이 맞네. 그럼 혼인을 거절하지 않겠다는 뜻으로 받아들이겠네."

"황숙, 저는 보잘것없는 장사치입니다."

"아니지! 이제는 내 손녀사위이고 태수의 사위이지. 요동에서 누가 감히 자네를 두고 보잘것없다고 하겠나."

"당연합니다! 그럼 그렇게 알고 있게. 혼인은 우리가 알아서 다 준비하겠네."

그러면서 두 사람은 행여나 수현이 말을 바꿀까 봐 서둘러 별채를 떠나가 버렸다.

잠시 후 별채 안으로 이평이 들어왔는데 무슨 말을 들었는지 입가에 웃음꽃이 피어 있었다.

"공자님, 혼인을 감축드립니다."

"고, 고맙다."

"누나에게 알려주러 가보겠습니다."

"그, 그래라."

수현은 이펑이 자리를 뜨자 눈을 감고 한숨을 내쉬었다.

"휴우……!"

앞으로 끝없이 전쟁이 터질 거라는 것을 잘 아는 수현이었다. 그런데 이곳에서 죽을 때까지 살아가게 생겼으니 땅이 꺼져라 한숨만 나왔다.

*   *   *

혼인 얘기가 나오고 보름 후.

유주목 유우는 행여나 수현이 혼인을 두고 변심을 할까 봐 전광석화로 일을 추진하였다.

수현은 자신의 의지와는 상관없이 일사천리로 결혼이 준비되어 가는 것을 지켜볼 수밖에 없었다.

그리고 마침내 혼인식 날이 밝았다.

파파파파방!

파파파팡!

태수부 앞에는 수현과 공손도 태수 딸의 혼인을 축하하는 청죽이 요란하게 터졌고, 악대들이 흥겨운 음악을 연주하며 한층 분위기를 고조시켰다.

신랑 진수현과 신부 공손란은 많은 사람들에게서 축하를 받으며 혼인식을 거행하였다.

양평성은 마치 축제처럼 떠들썩했다.

공손도 태수는 이날 성안의 모든 백성들에게 술과 고기를 베풀어 배불리 먹게 하였다. 또한 재인들을 불러들여 성안 곳곳에서 공연을 하도록 하였다.

양평성의 백성들은 오랜만에 마음껏 먹고, 마시면서 흥겹게 시간을 보냈다.

또한 요동태수 공손도는 하나뿐인 딸의 결혼 지참금으로 엄청난 물품을 보내주었다.

먼저 진수현이 머물던 별채를 딸에게 주어 그곳에서 신혼 살림을 꾸리도록 하였다.

그러면서 수십의 시녀와 하인을 주었다. 그리고 금 5관, 은 10관, 철 1천 근, 비단 30필, 베 500동, 가축 등을 지참금으로 주었다.

수현은 아직 후한 시대의 경제 사정을 정확히 몰랐다. 그랬기에 공손도 태수가 하사한 물품이 오늘날로 치면 강남의 건물 한 채를 떼어준 것과도 같다는 것을 모르고 있었다.

아무튼 그렇게 성대하게 혼인식이 끝나고 수현은 첫날밤을 맞이했다.

온통 붉은색으로 도배를 했다시피 한 신방이었다. 탁자에는 붉은색 혼례복을 입은 공손란이 다소곳하게 앉아 있었다.

수현이 그녀의 얼굴을 가리고 있는 면사를 걷어 올려주며
말했다.

"힘들지 않습니까?"

"예, 저는 괜찮습니다."

"이렇게 혼인을 하였으니 앞으로 잘 살아봅시다."

"예, 상공."

쪼르륵!

수현은 술을 따라 그녀와 반씩 나눠 마셨고, 공손란의 얼
굴에 홍조가 나타나자 침상 주변에 있는 촛불을 껐다. 그렇게
하나둘씩 촛불이 꺼지자 어느 순간 창을 통해 들어온 은은한
달빛이 공손란의 자태를 뽐내주었다.

사락!

사락!

달빛만이 가득한 실내에서 공손란의 혼례복을 벗기는 소리
가 마치 천둥소리처럼 들렸다.

공손란은 수현의 손길에 혼례복이 벗겨지자 자신도 모르게
움찔거렸고, 수현은 천천히 손을 움직여 그녀가 긴장을 풀 수
있게 해주었다.

그러다 속이 은은하게 비치는 나삼만을 남겨두자 수현은
그녀를 침상으로 이끌었다.

혈기왕성한 데다 이곳에 넘어온 후로 여자 손 한번 잡아보
지를 못한 수현이었다. 그러니 첫날밤에 무슨 일이 벌어질지

는 더 이상 설명할 필요가 없겠다.

다음 날 아침.

자신의 거처를 신방으로 꾸민 수현이 잠결에 팔을 움직였다.

그러다가 이상한 감촉이 느껴졌다. 분명 공손란이 옆에서 자고 있어야 하는데 아무것도 잡히지 않자 눈을 떴다.

그런데 언제 깼었는지 공손란이 침대에 걸터앉아 있는 것이 보였고, 수현은 몸을 일으켰다.

"좀 더 주무시지, 벌써 일어났습니까?"

"상공, 이제부터는 말씀을 편히 해주세요."

"크험… 그, 그러지."

단정히 뒷머리를 틀어 올린 공손란을 보자 그제야 이 여인과 결혼을 했다는 것이 실감이 되었다.

수현이 가만히 자신을 바라보자 그녀는 얼굴을 붉히며 살짝 고개를 숙였다.

'미인은 아니지만 이 정도면 됐지……'

공손란은 흔히 복스럽게 생겼다고 말하는 둥그런 얼굴형이라서 수현의 관점에서 볼 때는 미인이 아니었다.

그러나 이 시기의 사람들에게는 공손란 같은 얼굴형이 미인이었고, 수현의 그런 마음을 누군가 안다면 미쳤다고 할 것이었다.

그때 문밖에서 중년 여성의 음성이 들려왔다.

"아가씨, 일어나셨는지요?"

그 소리에 공손란은 수현을 바라보았다.

"제 유모입니다."

"유모가 왜?"

"어머니께서 유모와 시녀 몇을 보내주셨습니다."

"아! 문안 인사를 드리려 가야 하니 차비를 합시다."

"먼저 씻으시지요."

그에 침상에서 내려와 방을 나가는 수현이었다.

"유모, 들어오게."

그러자 풍성한 덩치를 가진 공손란의 유모가 안으로 들어왔다.

"아가씨, 편히 주무셨는지요?"

"유모, 나 너무 아파."

"예! 어디가요!"

"걷지를 못하겠어."

그 말에 무슨 뜻인지를 파악한 유모가 환하게 웃으며 말한다.

"이제 아가씨는 진 공자님의 부인이 되셨습니다. 그러니 당연한 일입니다. 시간이 지나면 괜찮아지십니다."

"진짜? 너무 무서운데……."

공손란의 말투가 자신이 생각한 것과는 다르다는 것을 느낀 유모가 낮은 소리로 물었다.

"혹시 어젯밤에 진 공자님을 몇 번이나 받아주었는지요?"

"그, 그게… 이, 일곱 번."

"아이고! 아기씨! 그것을 다 받아주시니 몸이 견뎌나겠습니까!"

"그럼 어떻게 해야 하는데?"

"두어 번 받아주시고 적당히 핑계를 대서야지요. 진 공자님 나이가 이제 스물둘입니다. 한창 혈기가 왕성할 때가 아닙니까. 그러니 아가씨께서 몸 상태를 봐가면서 적당히 조절을 하세요. 그리하시면 됩니다."

수현의 실제 나이는 해를 넘겨 서른하나가 되었다.

그러나 워낙에 동안인지라 이곳으로 넘어온 후 남들이 보는 나이로 속인 수현이었다. 그러다 보니 유모처럼 모두가 수현을 20대로 생각하고 있었다.

공손란은 유모의 말에 얼굴에 화색이 돌며 반문을 했다.

"정말 그래도 되는 거야?"

"그러믄요. 오늘 밤에는 진 공자님께 적당히 핑계를 대세요."

"고마워, 유모."

"별말씀을 다 하세요. 그보다 간밤의 흔적을 치워야겠습니다. 아! 그것을 보여주라고 한 것은 어떻게 되었습니까?"

유모의 말에 공손란은 순간 얼굴이 빨개지며 침상을 바라보았다.

"상공께서 일어나시면서 보실 수 있도록 일부러 이불을 치워두었어. 보셨는지 상공의 얼굴이 붉어지셨어."

"잘하셨습니다, 그래야만 아가씨가 처녀라는 것이 증명되는 겁니다."

그러면서 유모는 침상에 깔려 있는 이불을 보았다. 그녀는 붉은 꽃이 피어 있는 선명한 흔적을 보자 입가에 미소를 만들더니 황급히 돌돌 말아서 밖으로 가지고 나갔다.

제9장
내황공주를 구하라!

　수현이 결혼을 하고 한 달여가 지나자 완연한 봄이 되었다.

　아직까지는 일교차가 심하기는 했지만 겨우내 쌓였던 눈이 곳곳에서 녹아 흘렀다.

　부엉!

　부엉!

　진수현과 공손란이 머무는 별채.

　한창 꿀처럼 달콤한 신혼을 즐겨야 하는 두 사람이지만, 오늘따라 방 안 공기가 무거웠다.

　마치 어디론가 떠나기라도 하는지 공손란은 방 안을 돌아다니며 짐을 쌌다.

공손란은 작은 궤짝에 옷가지를 비롯한 물품들을 넣었고, 수현은 침상에 걸터앉은 채로 그녀의 모습을 말없이 지켜보았다.

비록 한 달여의 짧은 신혼 생활이었지만 두 사람은 마치 오래전부터 알고 있었던 사이인 것처럼 서로를 위했다.

현대에서 살다가 넘어온 수현은 공손란을 대함에 권위적이지 않았다. 매사를 다정다감하게 대했다.

유교적인 사고를 가진 부모에게서 교육을 받은 공손란은 여필종부를 최상의 덕목으로 여기고 있었다. 그러기에 수현의 말을 믿고 따랐다.

수현은 공손란이 자신을 믿고 따르자 더욱 그녀에게 애정을 쏟게 되는 관계로 발전하게 되었다.

공손란은 갑자기 움직이는 것을 멈추더니 어깨를 살짝 들썩였다. 그러자 수현은 자리에서 일어나 그녀를 뒤에서 안아주었다.

"짐을 싸는 것은 그만둬."

그녀는 흠칫 놀라더니, 황급히 눈물을 훔쳐냈다.

"죄송해요."

"별소리를 다하네."

"가시는 길에 몸조심하세요."

"걱정 말래도. 혼자 가는 길도 아닌데."

수현의 말처럼 내일 그는 유우를 따라 유주의 주도인 계로 떠났다.

그곳에서 내황공주를 구출하는 일을 지휘, 감독하는 중책
을 맡았기 때문이었다.

                    *   *   *

시간을 거슬러 10일 전.

수현은 평소와 다름없이 공손란과 함께 아침 식사를 마치
고 등청했다.

그는 결혼한 후 하급 관리에서 태수부의 군사 업무를 담당
하는 도위(都尉)로 수직 상승하였다.

공손도가 태수로 있는 요동군에는 모두 11개의 현이 있었
고, 수현은 순식간에 11개 현의 병권을 장악한 것이나 다름이
없었다.

조당에서 간단하게 회의를 끝낸 수현이 태수에게 다가갔다.

그러자 공손도 태수가 고개를 들어 사위 진수현을 바라보
았다.

"진 도위는 할 말이 있느냐?"

"태수님, 부탁드릴 것이 있습니다."

"부탁? 진 도위가 아무리 내 사위라고 하여도 여기는 조당
이다. 공적인 일이더냐?"

"공적인 일입니다."

"말해보거라."

"유주목이신 할아버님의 신상에 관련된 일인지라, 말을 꺼내기가 매우 조심스럽습니다."

"장인어른의 신상이라니?"

그러자 수현은 공손도 태수에게 낮은 소리로 무어라 말을 했다.

공손도 태수는 사위의 말이 이어질수록 몸은 떨려왔고, 얼굴이 창백하게 변했다.

"그, 그 말이 정녕 사실이더냐?"

"제가 괜히 이런 말을 할 이유가 있겠습니까?"

"그렇구나… 이걸 어쩐다."

잠시 말없이 고민을 하던 공손도 태수는 묘안이 떠올랐는지 표정이 밝아졌다.

그러더니 수현에게 무어라 속삭였고, 그는 고개를 끄덕이며 경청했다.

그렇게 모종의 합의가 이루어지더니 두 사람은 곧바로 태수부의 후원으로 향했다.

수현은 오래전부터 유우에게 이런 말을 전하고 싶었다. 하지만 좋은 일이 아니기에 차일피일 미루기만 했다.

그런데 며칠 후면 유우가 임지인 계로 떠나야 하니 더 이상 모른 척 있을 수가 없었다.

때마침 후원의 내당에서 유우 홀로 차를 마시고 있었다.

유우는 두 사람이 들어오는 것을 보고는 입가에 미소를 만들었다.

탁자에 앉은 공손도 태수가 장인을 보며 입을 열었다.

"장인어른, 손녀사위가 긴히 드릴 말씀이 있다고 합니다."

"그래? 해보거라."

그러자 수현은 자세를 바로 하고 입을 열었다.

"할아버님, 믿으실지 모르겠지만 제가 관상을 볼 줄 압니다."

"관상?"

"예. 할아버님의 관상을 보니 조만간 안 좋은 일을 당하실 것만 같습니다."

조당에서 수현은 자신이 알고 있는 사실을 마치 꿈을 꾸어서 알아낸 것처럼 태수에게 말했다.

그러자 공손도는 꿈이라면 장인이 심각하게 받아들이지 않을 것 같아, 수현이 관상을 볼 줄 아는 것으로 말을 맞췄다.

유우는 그런 사실을 몰랐지만 수현을 범상치 않게 여기고 있었던 터라 긴장하며 바라보았다.

"제가 처음 할아버님을 뵀을 때 말씀을 드리고 싶었지만 좋은 일이 아니기에 함부로 말을 꺼낼 수가 없었습니다. 그런데 이제는 말씀을 드려야겠습니다."

"허허, 무슨 일인지는 모르겠지만 말해보거라."

"할아버님의 사람 중에 믿는 사람이 누구인지요?"

"몇이 있다만, 왜 그러느냐?"

"할아버님의 관상을 보니 믿는 사람에게서 배신을 당할 상인지라 걱정이 됩니다."

그러자 듣고 있던 공손도 태수가 사전에 약속한 것처럼 수현의 말을 받아쳤다.

"뭐! 장인어른이 믿는 사람에게 배신을 당한다고!"

"할아버님, 가벼이 여기지 마시고 조심하셔야만 합니다."

"나를 배신할 사람이라……."

수현의 섬뜩한 말에 유우는 깊이 고민을 했다. 다른 일도 아니고 자신의 생사가 달린 일이라 심각한 표정이 역력했다.

얼마나 시간이 흘렀을까, 갑자기 소리치는 유우였다.

"설마!"

"장인어른, 짚이는 자가 있습니까?"

"그러고 보니 부중에 공손기란 자가 있는데, 그자는 공손찬과 동성이라는 이유로 친분이 두텁다."

"예! 어떻게 그런 자를 곁에 두십니까!"

"나도 수현이의 말을 들으니 이제야 그자가 생각이 났다. 혹시 그자이더냐?"

"저도 이름은 알 수 없지만 정황상 배신할 수 있는 사람은 그자라고 여겨집니다. 만에 하나라도 그자가 배신을 한다면 큰일입니다."

'맞습니다, 공손기 그놈이 배신을 해서 당신을 죽게 만들었

습니다.'

수현은 마침내 벼르고 벼르던 일을 끝낸 것만 같아서 홀가
분해졌다.

반면에 유우는 심각한 표정으로 입을 열었다.

"공손기 그자를 어찌한다. 관상 때문이라고 하면서 무턱대
고 내칠 수도 없으니."

"이보게 진 도위, 장인어른께서 무턱대고 놈을 내치면 다른
관리들이 믿지를 못할 것이네. 그럼 장인어른의 체면이 말이
아니게 되지. 좋은 방법이 없겠나?"

"할아버님은 유주의 목이십니다. 대련이 유주에 속하는 곳
이지요?"

"맞다, 지금이야 황건적 난 때문에 살펴보지를 못하고 있지
만 대련은 분명히 유주에 속한다."

"그럼 그자를 대련의 현령으로 보내시지요. 가서 광물을 조
사하라고 하면 그자는 오랜 시간 동안 그곳을 떠나지 못할 것
입니다."

"오! 절묘한 수입니다, 장인어른. 놈을 현령으로 승진시켜 주
면서 외방으로 내친다니 참으로 절묘합니다."

"그렇구나, 대련이라면 오지이니 그자는 함부로 공손찬과
연계하기가 어렵겠구나."

"맞습니다. 더구나 광산을 조사한다면 족히 몇 년은 걸립니
다."

그 말에 입가에 미소를 만드는 유우였다.

"고맙구나, 네 덕분에 화를 면했다."

"아닙니다, 당연히 미리 알려 드렸어야 하는데 제 처지가 그러해서 이제야 알려 드려 송구합니다."

그 말에 두 사람이 입가에 흐뭇한 미소를 만들며 수현을 바라보았다.

수현이 내당을 떠나고 얼마 되지 않아 태수의 부인 유씨가 돌아왔다.

그녀는 부친과 남편의 표정이 밝자 궁금하여 물었다.

"사위가 왔다고 하던데, 사위가 무슨 좋은 말이라도 하고 갔습니까?"

"우리 사위가 참으로 난 사람이네. 글쎄, 장인어른의 관상을 보고는……."

공손도는 수현이 하였던 말을 부인에게 전했다.

그녀는 남편의 말에 놀라며 부친을 바라보았다.

공손찬과 가까운 사이라는 자를 곁에 두었다니, 이것은 목에 칼을 두고 사는 것과 같다고 여기는 그녀였다.

"다행히 그자를 대련의 현령으로 보내라고 하더군."

"아버님, 대련이면 여기서 남쪽으로 며칠이나 내려가야 나오는 바닷가 오지가 아닙니까?"

"맞다, 더구나 그곳에서 광산을 조사하라고 하더구나. 그럼 몇 년 동안은 그곳에서 나올 수가 없지."

"아! 참으로 절묘하네요."

"다른 관리들은 승진을 했다고 축하를 해줄지언정 이런 내막이 있을 것이라고는 상상조차 못 하겠지."

남편의 말에 그녀는 고개를 끄덕이며 부친을 보았다.

"아버님, 천만다행입니다."

"나도 그렇게 생각한다. 손녀사위 덕분에 내 수명이 몇 년 더 연장되겠구나."

수현은 유우가 공손기의 배신에 죽는다는 것을 알고서 그런 계획을 세웠다. 언제 고향에 돌아갈지 알 수가 없다면 차라리 누군가를 대련으로 보내서 그 동굴이 어디에 있는지 알아보려는 뜻도 있었다. 그런 계획의 일환으로 공손기를 대련의 현령으로 보내 버린 것이다.

광산을 조사하려면 당연히 지도를 작성할 것이고, 그러다 그 동굴이 발견된다면 공손기가 보고를 할 것이었다. 그러면 그때 자신이 그곳으로 가서 동굴을 면밀히 살펴볼 계획이었다.

*   *   *

190년 3월.

헌제가 등극을 하였다지만 실상 모든 정무의 결정은 동탁의 손에서 이루어졌다.

동탁의 전횡이 갈수록 심해지던 어느 날.

조조는 수도 낙양에서 무사히 도망쳤다.

그는 고향 수춘에서 사비를 털어 병사들을 양성하면서 각지의 제후들에게 위조한 황제의 밀지를 돌렸다. 동탁을 죽이라는 밀지의 내용이었지만, 발해태수 원소는 밀지가 조조의 손에서 위조되었다는 것을 짐작했다.

그러나 대의명분으로 이보다 좋은 것이 없었기에 그것에 따르기로 했다.

그렇게 조조의 격문으로 반동탁 연합은 결성되었고, 이에 따른 자들이 수도 낙양을 향해 모여들었다.

이때 참가한 제후들의 면면을 본다면 다음과 같았다.

발해태수 원소

효기교위 조조

장사태수 손견

서주자사 도겸

남양태수 원술

평원현령 유비

연주자사 유대

하내태수 왕광

상당태수 장양

서량태수 마등

북평태수 공손찬

제북상 포신을 포함한 18명의 제후가 모여 원소를 맹주로 추대하고 연합군을 결성했다.

이에 연합군은 강동의 호랑이로 불리는 손견을 선봉장으로 삼아 사수관으로 진격했다.

그러자 동탁은 화웅을 효기교위로 임명하여 군사 5만을 내어 맞서게 했다.

이런 소식은 각지로 빠르게 전파되었고, 세간의 이목은 모두 이번 동탁 토벌에 쏠려 있었다.

그 무렵 소제는 홍농왕으로 강등된 상태였다.

그러던 중, 반동탁 연합군과 동탁의 군대가 치열한 교전에 들어갔다는 소식을 접하게 되었다.

홍농왕 그는 자신이 황제로 재위했던 기간을 뼈저리게 후회하고 있는 중이었다.

십상시의 농간에 빠져 국정을 돌보지 않았던 것이 너무나 후회스러웠다. 하지만 아무리 후회를 해본들 이제는 되돌릴 수 없다는 것을 잘 알고 있는 그였다.

홍농왕은 자신이 언젠가 동탁에게 죽임을 당할 것이라고 생각했다. 자신의 죽음은 피할 수 없지만, 두 여동생까지 사지로 내몰고 싶지는 않았다.

그래서 자신의 두 여동생만은 살려야겠다고 다짐을 하였다.

그는 그런 다짐을 하면서 동탁의 감시가 느슨해지기만을 기다렸다. 그러다 반동탁 연합이 결성되자 기회가 찾아왔다.

홍농왕은 먼저 첫째 여동생인 만년공주를 황궁을 수비하는 위위(衞尉)의 무장에게 맡겼다. 재위 기간 소제의 경호를 책임지다 사직한 그는 만년공주를 데리고 남행길에 올랐다.

그렇게 첫째 여동생을 떠나보내고, 이제 막내 내황공주만 황숙 유우에게 보내면 자신이 할 일은 끝난다고 보았다.

여명이 밝아오는 시각.

홍농왕은 불조차 켜지 않은 방 안에서 이제 열다섯인 막내 내황공주와 작별의 인사를 나누고 있었다.

"가거든 여기는 생각지도 말고 잘 살아야 한다."

"전하……."

내황공주는 닭똥 같은 굵은 눈물을 뚝뚝 흘리며 홍농왕을 바라보았다.

홍농왕은 참으려고 하였지만 동생의 눈물을 보자 끝내 참지 못하고 눈물을 흘리고 말았다.

그 둘의 곁에서 지켜보던 유우의 아들 화가 낮은 소리로 말했다.

"전하, 이제 떠나야 합니다."

그러자 홍농왕은 동생의 손을 놓으며 말했다.

"이보게, 동생을 잘 부탁하네."

"전하! 저와 함께 가세요!"

"그것은 아니 된다. 너야 여인의 몸이라 아는 이들이 거의 없다만, 내가 없어진 것을 안다면 너까지 위험에 빠지게 된다. 그만 데려가게!"

그러자 유화가 내황공주의 팔을 붙잡아 전각을 빠져나갔다.

내황공주는 평복 차림으로 유화에게 이끌려 가면서 연신 뒤를 돌아보았다.

그녀는 이제 다시는 홍농왕을 볼 수 없을 거라는 것을 알고 있었다. 비록 열다섯 어린 나이지만 황궁의 속성을 잘 알고 있는 그녀였다.

유화는 은밀하게 왕부를 벗어났다.

그는 오늘을 위해 고용한 다섯 명의 낭인 무사들이 말을 탄 채로 마차와 함께 대기하고 있는 것을 보고는 안도의 한숨을 내쉬었다.

낭인 무사들은 고용주인 유화가 도착하자 지체 없이 출발했다.

덜컹!

덜컹!

빠르게 달리는 마차 안에서 유화는 내황공주를 보며 속삭이듯 말했다.

"이제부터 공주님이 아니라 제 조카로 행세하셔야 합니다."

"알겠습니다."

"그리고 행여나 일이 잘못된다면 절대 신분을 밝히지 마시기 바랍니다. 그리고 이걸 목에 거십시오."

그러면서 유화는 자신의 목에 걸려 있는 것을 풀어 내황공주에게 내밀었다.

유화가 내민 것은 작은 원형의 옥패였고, 그곳에는 유화의 이름과 장수를 상징하는 십장생도가 조각되어 있었다.

"그걸 가지고 계시다가 행여나 제가 죽으면 아버님을 찾아가서 그것을 보이세요. 그럼 아버님은 모든 것을 아실 겁니다."

내황공주는 어릴 적에 유우를 본 것이 전부였기에, 유화는 그처럼 자신의 신패를 내황공주에게 맡겼다.

내황공주는 그 목걸이를 목에 걸더니 창밖으로 고개를 돌렸다.

홍농왕을 떠올리자 내황공주는 마치 죄를 짓는 기분이었다.

'전하, 저는 이제 어떻게 해야 하는지요……'

자신 혼자 살고자 이렇게 길을 떠난다고 생각을 하니 어느새 눈물이 볼을 타고 흘러내렸다.

그러나 내황공주의 그런 안타까운 마음은 모른 채 마차는 빠르게 북상했다.

　　　　　*　　　　　*　　　　　*

　한편, 그 무렵의 수현은 유주의 주도 계를 반나절 거리에 남겨두고 여곽에서 하룻밤을 묵었다.

　지난 며칠 동안 마차를 타고 움직인 수현은 이런 여행이 도무지 적응이 되지 않았다.

　나라에서 관리하는 관도(官道)를 따라 이동을 하였지만, 노면 상태가 비포장이라서 수현에게는 최악의 경험이었다.

　그래도 유우 덕분에 그나마 치안이 잘 유지되고 있는 유주(幽州)였다. 하지만 아무리 치안이 유지되고 있다고 하여도 그것은 도시에 국한되었다. 도시를 벗어난 곳은 여전히 황건적 패잔병들과 도적들이 나타난다고 하였다.

　한나라 곳곳으로 도망친 황건적 패잔병들인지라 언제, 어느 곳에서 나타날지 아무도 알 수가 없었다.

　그래서 공손도 태수는 장인과 진수현의 안전을 염려하여 호위에 만전을 기하였다.

　태수는 기마 50필과 병사 250명으로 일행을 보호토록 하였다. 유우가 요동으로 오면서 대동한 병사 200명과 합세를 하니 무려 500명의 병력이 되었다.

　또한 시종들을 비롯하여 상인들도 따르다 보니 그 수가 족히 육백을 넘어서는 대규모가 되어버렸다.

대규모 인원이 움직여서 그런지 오는 동안 별다른 일은 없었다.

다음 날이 되자 일행은 다시 출발을 하였고, 반나절이 지나자 마침내 계의 성곽이 육안으로 보였다.

유주의 주도답게 계의 성벽은 높고, 두터웠다.

계(薊)는 춘추전국시대 당시 연나라의 수도였다. 오늘날에는 연경(燕京), 혹은 북경(北京)으로 알려진 곳이 바로 유주의 주도였다.

그러나 황건적의 난을 피해 피난 온 난민들로 인해 계의 외성은 마치 난민 수용소 같았다.

계에 도착한 다음 날 아침.

손녀사위 수현과 함께 식사를 마친 유우가 차를 마시다가 말했다.

"신혼인데 이렇게 생이별을 시키다니, 너를 볼 면목이 없구나."

"아닙니다, 저는 괜찮습니다."

"이곳에 와보니 어떠하냐?"

"주도라서 그런지 대단히 번성한 곳인 것 같았습니다."

"그래도 기주에 비한다면 많이 부족하다."

이 시기에는 계보다 기주(冀州)가 발전했다는 것을 알고 있는 수현이었다.

기주의 주도 고읍(후일 업으로 개명)은 원소가 근거지로 삼았던 곳이었다.

관도대전에서 원소가 조조에게 패하여 202년에 죽고, 원소의 아들인 원상(袁尙)이 업에서 조조에게 저항하였으나, 건안 9년(204년)에 조조(曹操)에 의해 함락되었다.

이후 업은 조조의 근거지가 되었으며 210년에는 동작대(銅雀臺)를 비롯한 화려한 궁전이 건설되기 시작하였다. 그러다 조조가 213년 위공(魏公)에 오르자 업은 수도로 결정이 되었다.

수현은 그런 생각을 하면서 입을 열었다.

"제가 보기에는 오히려 유주가 앞으로 더욱 발전할 가능성이 높다고 봅니다."

"그래?"

유우는 수현의 말에 눈을 빛내며 바라보았다.

수현은 자신이 살았던 시대의 북경인 이곳 계라면 대업을 도모하기에 부족함이 없다고 생각했다.

"이곳은 사방으로 통하는 길목에 있습니다. 그러니 충분히 가능성이 있습니다."

"그러자면 백규 그자를 처리해야만 하는데, 만만한 상대가 아니다."

"그렇지가 않습니다, 공손찬은 할아버님처럼 덕으로 다스리기보다는 힘으로 모든 문제를 해결하려고 합니다. 그러니 얼마 가지 않아 자멸할 것입니다."

"그보다 이제 공손기 그자를 처리해야 하지 않겠느냐?"

"오늘 조회에서 공손기를 대련현령으로 발령 내시지요. 그리하면 될 것입니다."

"알았다. 너도 조회에 참석하거라."

"저는 이곳의 관리가 아닙니다, 그런 제가 어떻게 조회에 참석할 수 있겠습니까?"

"그것은 걱정하지 않아도 된다, 내가 다 알아서 하마."

그렇게 차를 마시다가 시간이 되자 유우는 수현을 대동하고 부중으로 나아갔다.

수현은 마치 왕궁이라고 해도 될 법한 거대한 관청을 보자 이곳이 유서 깊은 대도시라는 것을 새삼 깨달았다.

몇 달 만에 등청한 유우가 자리로 가서 앉았고, 그 옆에는 수현이 시립한 상태였다.

조당 안에는 유우를 돕는 종사(從士)가 여럿 보였다.

유우는 자신의 가신들 중 우두머리 격인 간의대부 위유를 바라보며 입을 열었다.

"이보게, 위 대부."

"예, 황숙."

유우의 부름에 중년의 사내가 공손히 인사를 했다.

수현은 한눈에 보기에도 병을 앓고 있는 환자처럼 보이는 위유를 보면서 얼마 살지 못하겠다고 생각을 했다.

"여기 있는 이는 여의 손녀사위이자, 공손도 요동태수의 사위이네."

그러면서 수현에게 고갯짓을 하는 유우였다. 수현은 조당에 있는 사람들 앞으로 나가서 공손히 인사를 했다.

간단히 인사말을 하고 나자, 유우는 다시 간의대부를 보며 말했다.

"자네도 알겠지만 그동안 부중에 마땅히 병사들을 이끌 만한 이가 없었네. 그래서 한시적으로 여기 있는 내 손녀사위에게 그 일을 맡길까 하네."

"그렇게 하시지요."

간의대부 위유는 한시적이라는 말에 반대하지 않고 유우의 뜻에 동의했다.

그렇게 수현은 너무나 쉽게 유주의 병사들을 지휘하는 교위(校尉)가 되었다.

"그리고 대련 지역에 황건적의 패잔병들이 출몰한다고 하니 현령을 파견해 다스려야 할 것 같네."

"누구를 염두에 두고 계시는지요?"

"공손기는 앞으로 나서라!"

유우의 부름에 조당에 있던 공손기가 한 걸음 앞으로 나가 허리를 숙여 보였다.

"그대에게 대련현령을 제수할 것이니, 하루속히 임지로 떠날 준비를 하라!"

"예, 황숙."

유우는 마침내 자신을 죽음에 이르게 만드는 공손기를 외방으로 보내는 것에 성공하자 안도했다.

공손기는 비록 대련이 외지이지만 이곳에서 있는 것보다는 현령의 감투를 쓰는 것이 백번은 낫다고 생각하여 유우의 명에 불만 없이 따랐다.

조회를 마치고 유우는 후원에서 수현과 이런저런 얘기를 나누었다.

그때 부중의 관리 하나가 정자 안으로 들어왔다.

"무슨 일이냐?"

"서신이 왔습니다."

서신을 받은 후 유우가 손짓을 하자 밖으로 나가는 관리였다.

유우는 아들의 수결로 봉인한 봉투를 뜯어 읽어가다가 놀라고 말았다.

"이런!"

"무슨 내용인지요?"

"내황공주께서 여기로 오신다고 하는구나."

"예? 아직 시일이 남았지 않습니까?"

"아무래도 급박한 일이 터진 것 같구나."

"제가 가겠습니다."

"직접 가겠다고?"

"아무래도 제가 가서 상황을 살펴보아야겠습니다."

"흐음……."

유우는 수염을 만지작거리며 고민에 잠겼다.

손녀사위가 머리는 뛰어나다는 것은 알지만, 과연 병사들을 이끌 만한 재목인지는 알 수가 없어 망설여졌다.

그러나 아직까지는 내황공주의 일을 부중의 관리들이 모르고 있으니 수현 외에는 맡길 만한 인물이 없다고 생각했다.

"오환 출신의 구력거가 있다. 그리고 그와 가깝게 지내는 염유를 부장으로 붙여줄 것이니 조심히 다녀오너라. 내황공주를 만나기 전까지는 둘에게 비밀로 해야 한다."

"예!"

수현은 서둘러 떠날 준비에 들어갔고, 다음 날 오환족의 족장으로 지내다가 유우에게 귀순한 구력거와 염유를 대동하고 출발했다.

유우는 내황공주를 맞이하기 위해 떠나는 수현에게 기병 백 기를 내어주어 만약의 사태에 대비토록 하였다.

*　　　*　　　*

며칠 후.

기주(冀州) 중산국(中山國) 인근의 포구.

뱃길을 통해 수도 낙양과 유주를 연결하는 관문인 포구였지만, 반동탁 연합이 결성되자 포구는 한산하기만 하였다.

유화는 포구에 도착하자 상선에서 내려 인근의 객잔으로
향했다.

홍농에서 출발하기 전에 고용한 낭인 무사 다섯과 함께 객
잔으로 들어서자 텅 빈 실내가 그들을 맞이했다.

"어서 오세요!"

탁자에서 멍하니 자리를 지키고 있던 점원은 유화의 일행이
들어오는 것을 보고는 벌떡 일어나 크게 소리치며 다가갔다.

며칠 만에 보는 손님인지 점원은 행여나 유화 일행이 나갈
까 봐 극도로 경계했다.

"빈 방이 있느냐?"

"당연히 있습죠! 몇 개나 필요하신지요?"

그러자 유화가 잠시 생각을 하다 입을 연다.

"네 개면 되겠다. 식사는 나중에 내려와서 하도록 하마."

"옙! 올라가시지요."

점원을 따라 객잔의 2층으로 올라가는 유화의 일행들이었
다. 낭인 무사들은 입구에 있는 방을 사용하기로 하였다.

그들 옆에 자신의 방을 정한 유화는 가장 안쪽에 있는 방
으로 내황공주를 안내했다.

허름하기 짝이 없는 객실이었지만, 내황공주는 며칠 동안이
나 배를 타고 와서 피곤하였기에 그런 것은 안중에도 없었다.

"공주 전하."

유화가 낮은 소리로 부르자 침대에 걸터앉아 있던 공주가

바라보았다.

"조금만 참으시면 아버님께서 마중을 나오실 겁니다."

"알겠어요. 경도 먼 길을 온다고 힘들 것이니 그만 가서 쉬
세요."

"그럼 나중에 식사하실 때가 되면 오겠습니다."

"그리하세요."

유화가 객실을 나가자 내황공주는 그제야 신을 벗고 침상
에 다리를 올려두었다.

작은 손으로 다리를 주무르면서 지친 몸을 달래다가 어느
순간 홍농왕이 떠올랐다.

그러자 또다시 눈물이 흘러내렸고, 행여나 자신이 도망친
것 때문에 화를 당하지나 않았는지 불안하였다.

난생처음으로 며칠 동안이나 배를 타고 움직이다 보니 심
신이 지칠 대로 지쳐 있는 내황공주였다. 하지만 황숙 유우의
임지인 계에 도착하기 전에는 안심을 할 수가 없는 상황이라
애써 참아냈다.

다음 날, 이른 아침.

내황공주는 다시 길을 떠나기 위해 준비를 마쳤다. 그러자
객실로 유화가 들어오더니 공손히 말했다.

"공주 전하, 마차를 구했습니다."

"이제 어디로 가나요?

"우선 기주의 중산으로 갈 것입니다. 그곳에서 며칠 지내면 아버님께서 영접을 오실 겁니다."

"중산까지는 며칠이나 걸리나요?"

"삼사 일은 예상하셔야 합니다."

"저로 인해 곤욕을 치릅니다."

"아닙니다, 당연히 제가 해야 할 일입니다."

"그리 말씀을 해주시니 고맙습니다."

"그럼 출발하시지요."

유화는 내황공주가 스스로를 낮추는 말을 하는 것을 듣고서도 막지 않았다. 그러면서 공주가 어떻게 처신해야 살아남을 수 있는지를 자연스럽게 깨달았다고 생각했다.

내황공주는 황실에서 자란 어린 몸인지라 지쳤음에도 내색하지 않고 준비된 마차에 올랐다.

한편, 수현은 내황공주를 맞이하기 위해 빠르게 움직이고 있었다.

며칠째 제대로 쉬지도 못하고 내달리는 수현과 병사들이었다.

덜컹!

덜컹!

수현은 마차 안에서 창밖을 바라보았다.

"말 타는 것을 빨리 배워야겠네."

대한민국의 평범한 사내였던 수현이 언제 말을 타봤겠는가.

그러나 이곳에서 말을 타는 것은 취미가 아니라 반드시 필요한 것이라고 깨달았다. 그나마 유우가 부중의 종사(가신들을 일컫는 말)들에게 자신을 소개할 때 조선의 왕족이라고 말한 덕을 보았다.

만약 그런 말을 하지 않았다면 이렇게 마차를 타고 움직이는 것을 이상하게 여겼을 저들이었다. 수현은 이런저런 생각을 하며 욱신거리는 엉덩이의 통증을 참아냈다.

"교위님! 진 교위님!"

갑자기 뒤에서 자신을 부르는 소리가 들리자 수현은 창밖으로 고개를 내밀었다.

그는 부장 염유가 말을 몰아 다가오는 것이 보이자 물었다.

"무슨 일인가?"

"정찰병들이 여기서 이각(30분) 정도의 거리에서 도적으로 보이는 무리들을 보았답니다."

"도적? 몇이나 되는가?"

"족히 오십은 되어 보인다고 합니다. 그런데 급히 이동을 하고 있었다고 합니다."

"오십의 도적들이 급히 이동한다……."

수현은 그런 보고에 순간 황건적의 패잔병들이 아닐까 싶었다.

쉬지 않고 달려온 덕분에 기주의 중산에 도착하여 약속 장소로 갔었던 수현이었다. 하지만 아직 내황공주가 도착하지 않았다는 것을 알게 되었다.

그래서 곧바로 포구로 출발을 하였고, 이제 조금만 더 가면 포구가 나온다는 것을 알고 있었다.

"염 부장, 여기 말고 포구로 가는 길이 또 있는가?"

"아닙니다, 포구로 가는 길은 이 길밖에 없습니다."

"즉시 이동속도를 높인다! 포구로 빨리 가자!"

"예!"

수현의 지시가 떨어지자 기병들은 빠르게 말을 몰아 포구로 향했다.

*   *   *

내황공주는 기주 중산을 향해 움직이고 있었다.

내일이면 중산에 도착한다고 하니 그나마 힘을 내는 공주였다. 그동안 말은 안 했지만 힘겨운 여정이었다. 그러나 이제 하루만 참으면 된다고 하니 안심이 되었다.

그때 유화가 다가왔다.

그는 마차를 호위하는 낭인 무사들의 시선을 의식하여 내황공주를 조카 대하듯이 말했다.

"해가 저물어가는구나. 근처에서 노숙을 해야만 할 것 같다."

"알겠습니다."

"내일이면 끝나니 힘들어도 조금만 참거라."

"예."

내황공주는 이미 아침에 출발할 때 앞으로 하루 거리 동안에는 민가나 객잔이 없다는 말을 들었다. 그러기에 유화의 말을 대수롭지 않게 받아넘겼다.

마차가 멈추고, 그들은 상인들이 쉬었다가는 공터에서 노숙을 했다.

유화가 하늘을 보니 보름이 가까워서인지 달빛이 환하게 공터를 비추고 있어 나름 운치가 있었다.

쉬익!

탁!

타닥!

갑자기 요란한 소리가 들려왔다.

내황공주는 마차 창틀에 박힌 화살을 보고는 화들짝 놀랐다.

"도적이다!"

"불을 꺼라!"

다섯 낭인들 중에 누군가 그렇게 소리치자 피워두었던 모닥불이 순식간에 꺼졌다.

타닥!

타닥!

유화는 숲속에서 화살이 날아오자 재빨리 마차 밑으로 숨어들어 갔다.

낭인들도 황급히 각자의 방패로 몸을 숨기며 적들이 나타나기만을 기다렸다.

얼마나 시간이 흘렀는지 모르지만, 갑자기 비처럼 쏟아지던 화살이 멈췄다.

"공격하라!"

"우와아아아!"

"죽여라!"

숲속에서 요란한 함성이 터지더니 수십은 되어 보이는 자들이 손에 무기를 들고 맹렬하게 달려들기 시작하였다.

"전투 준비!"

낭인 무사들 중 한 명이 소리치자 그들은 일제히 방패를 들고 일어났다. 다섯 낭인 무사들은 방패와 칼을 들고 다가오는 도적들을 노려보았다.

챙!

챙!

"크악!"

병장기 부딪치는 소리가 곳곳에서 들려왔고, 비명이 난무하자 마차 밑에 숨은 유화는 몸이 덜덜 떨렸다.

도저히 마차 밖으로 나가서 함께 싸울 엄두가 나지 않았고, 그저 낭인 무사들이 저들을 물리쳐 주기만을 간절히 바랄 뿐이었다.

하지만 아무리 낭인 무사들이라고 하여도, 수십의 도적들이 일제히 달려들다 보니 끝내 하나둘씩 피를 토하며 죽어갔다.

"이겼다!"

"우와아아!"

도적들이 승리의 함성을 내지르자, 유화는 죽었다고 생각하며 입술을 질끈 깨물었다.

"저놈을 끌어내라!"

그 소리에 도적들이 마차로 기어들어 가서 유화를 거칠게 끌고 나왔다.

'흑산적 놈들인가…….'

유화는 저들을 그 유명한 산적들의 연맹체인 흑산적으로 생각했다. 그러자 다리에 힘이 풀려 제대로 서 있기조차 힘들었다.

놈들이 유화를 자신들의 두령에게 끌고 가서 무릎을 꿇게 만들었다.

"사, 살려주시오!"

유화는 최대한 불쌍하고, 겁먹은 모습을 보여주어 이 위기를 모면해 보려고 하였다.

"마차에 누가 타고 있지?"

"내 조카가 타고 있소."

그때였다.

컥!

컥!

도적들 중에 두 놈이 비명을 지르며 쓰러졌다.

쓰러진 놈들의 등에는 기다란 화살이 박혀 있었다.

갑자기 비명이 터져 나오자 도적들이 놀라서 사방을 두리번거렸다.

그들의 두령은 달빛에 의지해 정확히 부하들을 맞춘 자의 솜씨가 엄청나다고 생각하며 급히 바닥에 엎드렸다.

유화는 놈들이 당황하는 것을 보고는 재빨리 도망쳐 마차 안으로 들어갔다.

그러나 내황공주를 데리고 도망치려고 했던 유화는 놀라운 광경을 보고야 말았다. 공주의 가슴 부근에 한 대의 화살이 박혀 있었고, 마차 바닥은 피로 흥건했다.

"공주 전하! 공주 전하!"

유화가 아무리 불러보아도 쓰러진 내황공주는 아무런 반응이 없었다.

유화는 황급히 그녀의 코에 귀를 가져다 댔다. 그나마 내황공주가 숨을 쉬고 있자 안도가 되었다. 그러다 마차 밖에서 비명 소리가 들려오자 잠시 고민했다.

유화는 자신의 품에 숨겨두었던 단도를 꺼내 쓰러진 내황공주 앞을 가로막았다.

그는 부들부들 떨리는 손에 힘을 주며 단도를 잡은 채로 마지막 순간을 대비했다.

"도망쳐라!"

"도망쳐라!"

싸우던 도적들이 갑자기 소리치자 순간 병장기 부딪치는 소리가 멈췄다.

잠시 후, 이제 약관이나 되었을까?

"안에 계신 분은 이제 안전하니 나오셔도 됩니다."

유화는 상당히 젊은 사내의 음성이 들려오자 마차 문을 열었다.

그러자 긴 창을 들고 서 있는 사내가 보였다. 그리고 그 사내의 곁에는 백마가 투레질을 하고 있었다.

유화가 조심스럽게 마차 밖으로 나가보니 곳곳에 도적들의 시체가 보였다. 그러다 한 놈의 시체가 아는 얼굴이었다.

"아니! 이놈은!"

"아는 자입니까?"

"일행이 묵었던 포구 객잔의 점원이네. 흑산적 놈들이 나타난 이유를 알겠군!"

점원의 시체를 보고 그제야 흑산적 놈들이 나타난 내막을 파악한 유화가 그 젊은 사내에게 공손히 인사를 했다.

"은공 덕분에 목숨을 건졌습니다. 참으로 감사합니다."

"아닙니다. 병장기 소리를 듣고 무슨 일인가 싶어 왔다가 그저 조금 힘을 쓴 것뿐입니다."

유화는 달빛 아래에 나타난 그 사내의 용모에 감탄했다.

가까이서 보니 준수한 외모였고, 기골이 장대한 것이 영락 없이 장군감이라는 생각이 들었다.

그러다 마차 안에서 신음 소리가 들리자 놀란 눈으로 달려 갔다.

"공주 전하! 공주 전하!"

몇 번이나 불러보아도 내황공주가 의식을 차리지 못하자 안 절부절못하는 유화였다.

그런 모습을 지켜보던 그 젊은 사내가 말했다.

"놈들이 다시 올 수 있습니다."

"먼저 상처를 살피는 것이!"

"상처는 안전한 곳에 당도한 후에 살펴도 됩니다. 그러니 어 서."

"알겠습니다."

유화는 마부석에 올라 마차를 출발시켰고, 그 젊은 사내는 부탁도 하지 않았는데 유화를 따라갔다.

덜컹!

덜컹!

"안에 계신 분이 공주님이십니까?"

"아! 미처 경황이 없어 말씀을 드리지 못했습니다. 그렇습니 다. 저분은 공주님이십니다."

그때 저 멀리에서 횃불이 무리를 이룬 채로 빠르게 다가오는 것이 보였다.

두 사람은 빠르게 다가오는 횃불을 보며 잔뜩 긴장했다.

도망치자니 내황공주의 부상이 염려되어 그럴 수가 없었고, 맞아서 싸우자니 엄두가 나지 않았다.

"이보시오, 은공. 나는 유주목으로 계시는 황숙의 아들 유화라고 합니다. 염치없지만 공주님을 안전하게 계까지 데려다주시겠소?"

"황숙의 아들이시라면 제가 어찌 못 본 척을 하겠습니까. 제가 길을 막을 것이니 안전한 곳으로 피신하시지요."

이럇!

그러면서 백마의 배를 살짝 걷어차더니 여유롭게 앞으로 나아갔다.

그러고는 긴 창을 안장에서 빼내 길을 막고 섰다.

유화는 고민을 하다 눈을 질끈 감고, 말고삐에 힘을 주었다.

"이보시오, 은공! 존함이라도 알려주시오!"

"나는 상산 출신의 조운이라고 합니다! 자는 자룡을 쓰고 있습니다! 인연이 된다면 또 봅시다! 으하하하하!"

그때였다.

유화는 한 기의 기마가 빠르게 달려오는 것을 보고는 눈에 힘을 주었다.

"황숙께서 보냈습니다! 황숙께서 보냈습니다!"

전령이 말을 몰아오면서 그처럼 소리치자 유화가 환하게 웃으며 마차에서 내렸다.

"은공, 아버님의 병사들입니다!"

"다행입니다."

유화는 자신에게 다가오는 전령이 부친 밑에 있는 졸백(병사들의 우두머리)인 것을 알고는 안도했다.

"시중 대인!"

"아버님께서 오시는 것이냐?"

"아닙니다, 진 교위께서 군을 이끌고 오셨습니다."

"진 교위라니? 아! 공손 태수님의 사위더냐?"

"그렇습니다."

유화는 아직 수현을 만난 적은 없었지만 부친의 서신을 통해 알고 있었다.

그는 수현이 도착하자 반갑게 다가갔다.

수현은 마차에서 내려 유화에게 다가가서 인사를 했다.

"먼 길에 고생하셨습니다."

"아니네, 자네가 힘들었지. 그런데 어떻게 알고 이 밤에 병사들을 움직였는가?"

그러자 수현과 함께 온 오환족 족장 구력거가 나서며 설명을 해주었다. 수현이 도적의 무리들을 쫓아 쉬지 않고 왔다고 하였고, 또한 그가 현재 교위에 있다는 것까지 이야기했다.

"그런데 약속한 날보다 빨리 오신 것은 무슨 이유 때문인지요?"

진수현이 그처럼 묻자 유화는 표정이 굳어졌다.

"홍농왕 전하의 부탁 때문이었네, 아마도 불안하셨겠지. 아!"

유화는 조운을 가리키며 입을 열었다.

"진 교위, 소개하지. 이분이 흑산의 도적들을 홀로 물리친 용사이시네."

"도움을 주셨다니 감사합니다. 저는 진수현이라고 합니다."

"저는 상산 출신의 조운입니다. 자는 자룡을 씁니다."

"조운!"

"왜 그런가? 은공을 아시는가?"

"아, 아닙니다."

수현은 뜻밖에도 삼국지에 등장하는 오호대장군 중의 한 명인 조운이 눈앞에 있자 놀랄 수밖에 없었다.

조운(趙雲)!

삼국지에 등장하는 무장들 중에서 너무나도 유명한 조자룡이다.

조운은 한때 원소 밑에서 졸백으로 있었지만 그의 그릇이 작은 것에 낙담하여, 공손찬에게 의탁하였다.

그런데 공손찬이 흑산적과 내통을 하는 것도 모자라, 사람이 포악하고 표리부동하자 실망하고 말았다. 그래서 형의 기일을 핑계 대고 공손찬을 떠난 상태였다.

공손찬 밑에서도 겨우 졸백의 신분이었는지라 미련도 없었다.

그렇게 길을 나선 조운이 우연찮게 유화를 구해주었고, 지금 진수현의 눈앞에 나타난 것이었다.

"이런! 내 정신을 보게! 진 교위, 서둘러 중산으로 가세. 공주 전하께서 화살에 맞으셨네!"

"제가 공주 전하의 상처를 살펴보겠습니다."

"자네 의원인가? 아! 아버님께서 서신에 자네가 의술이 뛰어나다고 하더군. 어서 살펴보게."

"염 부장! 주변을 철저히 감시하라!"

"예!"

그의 지시가 떨어지자 병사들이 마차 주변을 원형으로 감싸며 경계하기 시작했다.

수현은 이번에 길을 출발하면서 응급구급함을 가지고 왔다.

비록 가져온 약품들이라고 해봐야 소량이었지만, 지금 시대에서는 천고의 영약이나 다름이 없을 정도로 소중했다.

수현은 응급약품을 담은 상자를 챙겨 내황공주가 있는 마차로 향했다. 그리고 긴장된 표정으로 마차 안으로 들어갔다.

마차 안에 들어선 순간 피비린내가 진동하였고, 10대로 보이는 어린 여자가 신음을 내며 눈을 감은 채로 고통스러워하는 것이 보였다.

"공주 전하, 저는 황숙의 손녀사위 진수현이라고 합니다. 상처를 봐도 되겠는지요?"

"그리하라."

'엄청 아플 텐데……'

수현은 화살이 어깨에 박힌 상태에서도 인내하고 있는 내황공주를 보며 내심 감탄을 했다.

그러면서 바닥에 구급함을 내려두고, 공주가 입고 있는 옷을 무쇠 가위로 잘라냈다.

겉옷을 비롯하여 3겹이나 잘라내자, 놀랍게도 가죽으로 만든 갑옷이 보였다.

수현은 천천히 육안으로 상처를 살핀 후에 공주를 보며 말했다.

"다행히 독은 없어 보입니다. 우선은 화살을 제거한 후에 지혈을 할까 합니다."

고개를 끄덕이는 공주였지만, 맨정신에 생살을 찢어 화살을 제거한다는 말에 잔뜩 겁먹은 모습이었다.

수현은 가져온 구급상자를 열었다.

도구들을 챙기면서 수현은 마취제가 없다는 것이 너무나 안타까웠다.

'화타 선생님이 돌아오시면 약을 만들어달라고 해야겠다.'

구급약품은 말 그대로 응급 시에만 사용 가능한 약품들이었다.

당연히 의사의 지시가 필요한 마취제가 있을 리가 없었다.

그러기에 수현은 화타가 성으로 돌아온다면 배울 수 있는 것들은 배워보려고 마음을 먹고 있었다. 화타가 마비산이라는 마취제를 만들었다는 것을 알고 있는 수현은 그런 생각을 하며 공주의 상처 부위에 칼을 댔다.

천만다행히도 내황공주는 가죽 갑옷을 입은 상태에서 옷을 여러 겹 껴입고 있었다. 그러다 보니 화살촉은 깊이 박히지 않았다.

수현은 화살을 제거하고 상처 부위에 소독과 지혈을 했다.

'어린애가 진짜 독하네.'

수현은 화살을 제거하고, 상처를 소독하는 과정이 얼마나 견디기 힘든지 알고 있었다.

그런데 내황공주는 열다섯이라는 나이가 믿기지 않을 정도로 엄청난 인내심을 보여주고 있었다.

"전하, 급한 대로 치료를 하였지만 중산으로 가서 의원에게 제대로 치료를 받으셔야 합니다."

"그리하게."

마차에서 나오면서 수현은 내황공주의 당당한 모습에 놀라

위하면서도 한편으로는 감탄을 했다.

그들은 곧바로 출발하였고, 무사히 중산의 성안으로 들어가게 되었다.

중산태수는 유주목 유우의 아들이 웬 어린 여인과 함께 나타난 것에 놀라더니, 의원들로 하여금 치료를 하도록 했다.

제10장
그대는 조운바라기?!

　수현은 자신의 처소로 들어가 깊은 생각에 빠졌다.

　'조자룡이 왜 여기에 있는 것이지……'

　수현은 준수하게 생긴 청년이 삼국지에 등장하는 맹장들 중의 한 명인 조운이라는 것에 너무나 놀라고 말았다. 그러면서도 왜 조운이 이곳에 있는지 도무지 이해가 되지 않았다.

　'분명 공손찬 휘하에 있어야 하는 사람인데……'

　그는 고개를 갸웃거리면서 삼국지의 내용을 떠올렸다.

　"공손찬을 조운이 구해주었는데, 그때가… 아! 반동탁 연합이 끝난 직후구나!"

　수현은 조운이 원소의 맹장 문추에게서 공손찬을 구해주었을 때가 반동탁 연합이 해체된 후라는 것을 상기했다.

그때 유비와 조운의 만남이 있었다.

"뭐야! 그럼 지금은 유비를 만나지도 않았잖아!"

반동탁 연합이 결성된 초기인 지금이라면 조운과 유비는 아직 만나지 못한 것이라고 생각했다. 만약 조금만 늦었다면 유비는 조운을 만날 것이었고, 그럼 유비의 충직한 신하가 됐을 것이다.

그 후 유비가 조조에게 쫓길 때 홀로 적진으로 들어가 유비의 아들을 구해낼 것이었다.

그런 생각이 들자 온몸에 전율이 일어났다.

수현은 소름이 끼쳐 닭살이 돋은 양팔을 비벼대며 중얼거렸다.

"조운이라……."

그는 마치 무언가에 홀린 사람처럼 허공을 게슴츠레 바라보았다.

굳이 삼국지를 읽지 않아도, 너무나 유명한 조운에 대한 설명은 필요치가 않았다.

유비, 관우, 장비, 조운을 두고 누군가 이렇게 평을 했었다.

'유비는 고집불통이라 주변을 보지 않는다'라는 평처럼 유비는 가진 것은 없으면서 자존심은 강해 화를 부르기가 일쑤였다. 정착할 땅 한 줌 없이 떠돌아다니다 말년에 촉을 건국하게 되지만 촉을 건국한 후에도 공명의 충언을 무시하고 오를 공격하여 죽게 되었다.

관우는 '오만하고 상대를 무시하는 경향이 있다'라고 평을
했다.

그런 평처럼 관우는 형주를 허무하게 잃었고, 끝내 목 없는
시신이 되고 말았다.

장비의 평은 '성정이 급하고, 포악스럽다'.

장비는 관우의 복수를 한답시고 병사들을 혹독하게 대하
다 부하들에게 죽임을 당하고 말았다.

하지만 조운의 평은 '관우, 장비와 달리 주변 사람들에게 덕
으로 대하여 모든 사람들이 그를 높이 평가했다'였다. 이런 평
은 유비와 제갈량도 인정을 하였다.

수현은 자신이 볼 때 조운이야말로 삼국지에 등장하는 여
러 무장들 중 무결점의 사내 같았다.

"조운을 어떻게 내 사람으로 만들지."

수현은 조운이 탐이 날 수밖에 없었다.

뛰어난 무위와 인품, 충절의 상징인 조운을 너무나도 자신
의 사람으로 만들고 싶었다.

"이래서 조조가 관우에게 자신의 사람이 되어달라고 애걸
복걸했구나……."

그는 조조가 관우를 얻기 위해 얼마나 많은 정성과 재물을
들이면서 노력을 했는지 알고 있었고, 이제야 조조의 그런 심
정을 알 것 같았다.

"아직은 떠돌이 무장인 것 같은데… 아오! 정말 미치겠네!"

사람의 마음을 얻는다는 것이 어디 말처럼 쉬운 일인가?

아무리 생각을 해보아도 조운을 자신의 사람으로 만들 방법이 없었다.

수현은 짝사랑에 빠진 사람처럼 머릿속이 온통 조운의 생각으로 가득 찼다. 마치 해를 바라보는 해바라기처럼 오로지 조운의 생각뿐이었다.

다음 날.

내황공주에 관한 일이 계에 있는 유우에게로 전해졌고, 그 소식을 전해 들은 유우는 곧바로 기주의 중산으로 출발했다.

그동안 수현은 조운과 함께 중산태수부 인근에 있는 의원을 찾아갔다.

그는 간밤의 애잔함이 남아 있어 길을 걸어가는 동안 조운을 힐끔거리면서 바라보았다.

'캬! 인물 하나는 기가 차네!'

평복을 입은 조운이었지만 걸어가는 모습을 보니 그에게서 빛이 나는 것처럼 여겨졌다.

"교위님, 제 얼굴에 뭐라도 묻었습니까? 왜 그리 보십니까?"

"아, 아니네. 참! 자룡은 올해 나이가 스물이라고 하였지?"

"예, 그렇습니다."

지난밤 조운과 짧은 만남이 있었고, 그때 그의 신상에 대해 알아본 수현은 조운이 이제 약관이라는 것을 알게 되었다.

"북평태수 밑에서 녹을 먹고 있다고 한 것 같은데, 완전히 떠난 것인가?"

"형님 기일이라고 둘러댔지만 아직은 결정한 것이 없습니다. 마땅히 갈 곳이 없으면 돌아가야 할 것 같습니다."

'안 돼! 공손찬에게 돌아가면 유비 놈이 채간다고!'

수현은 조운을 보면 볼수록 탐이 났지만, 마땅히 자신의 사람으로 만들 방법이 없으니 속이 바짝바짝 타들어가는 기분이었다.

이런저런 궁리를 하다 보니 어느새 의방에 도착했다.

수현은 의생의 안내를 받으며 의방에서 한적한 곳에 위치한 병실로 들어섰다.

병상에 있는 내황공주와 유화가 이런저런 얘기를 나누고 있었고, 두 사람이 들어오는 것을 본 유화가 자리에서 일어나며 맞이했다.

"인사 올리시게, 내황공주 전하이시네."

유화의 말에 수현과 조운이 내황공주에게 공손히 인사를 했다.

"전하, 이쪽은 황숙의 손녀사위인 진수현이라고 합니다. 그리고 저쪽이 공주 전하를 구한 조운이라는 청년입니다."

그러자 내황공주가 힘겨운 몸놀림으로 상체를 일으키며 말했다.

"진 공."

"예, 공주 전하."

"황숙이신 할아버님의 손녀사위라면 여와 남이 아니라고 여겨집니다. 앞으로 잘 부탁드립니다."

"예, 공주 전하."

"조운 공."

"전하, 소인은 미천한 병졸들의 장입니다. 공이라는 말씀은 듣기가 민망하옵니다."

"그렇지가 않다. 공이 없었다면 이렇게 살아 있지 못했을 것이다. 진심으로 고맙게 생각한다."

"황감하옵니다."

"유 공."

"예, 공주 전하."

"여의 몸이 치료되는 동안 두 사람과 말 상대라도 하고 싶은데, 가능하겠는지요?"

"그리하겠나이다."

내황공주의 말을 듣고 있던 수현은 자신이나 유화에게는 말을 함부로 하지 않지만, 조운에게는 보란 듯이 하대를 하는 내황공주 때문에 순간 화가 치밀어 올랐다.

'어린년이 생명을 구해준 사람에게 말하는 것이…….'

내황공주의 말은 이상할 것이 없었다.

그럼에도 불구하고 수현이 그처럼 생각하는 것에는 그만한 이유가 있었다. 지금 그의 모든 관심은 조운에게 쏠려 있는 상태였고, 그러다 보니 내황공주의 당연한 말에도 발끈하게 되었다.

애끓는 진수현의 마음을 알 리가 없는 그들이었고, 유화는 그러지 않아도 내황공주가 치료되는 동안 말벗이 필요하다고 생각했기에 그처럼 답을 했다.

그러자 가만히 듣고 있던 조운이 입을 열었다.

"전하, 소인은 조만간 이곳을 떠나야만 하옵니다."

"급한 일이라도 있는 것인가?"

"며칠 후면 형님의 기일인지라 그러하옵니다."

"그럼 기일이 지난 후에는 여기로 돌아올 수 있겠는가?"

가만히 듣고 있던 수현은 무언가 이상하다는 생각에 고개를 살짝 들어보았다.

그런데 조운을 바라보는 내황공주의 눈이 초롱초롱하게 빛나고 있었다.

'얼레, 이거 분위기가 묘하네.'

그러면서 수현은 자신만의 상상의 세계로 빠졌다.

내황공주의 나이가 이제 열다섯이었다.

죽을 고비를 넘어 살아났더니 자신을 구한 사내가 미공자라고 해도 과언이 아닌 조운이었다. 그러다 보니 꿈 많은 소녀의 감성을 제대로 건드린 것이다.

'헐, 전쟁 중에도 사랑은 꽃핀다고 하더니······.'

수현은 내황공주의 애절한 눈빛이 무엇을 뜻하는지 알 것 같았다.

"전하, 송구하오나 전하를 구한 일은 당연한 일입니다. 그러니 소인은 떠나고자 하옵니다."

그러자 수현이 황급히 치고 나갔다.

"전하, 인명을 구하는 것은 아무나 할 수 있는 일이 아닙니다. 하물며 존귀하신 전하의 옥체이니 조운에게 관직을 내리시는 것이 좋을 듯합니다."

수현의 말에 내황공주의 표정이 환하게 밝아졌다.

유화도 조운과 내황공주 사이의 묘한 기류를 눈치챘는지 거들었다.

"전하, 아버님께서 오시면 그때 의논하여 조운의 공을 치하하시면서 관직을 제수하시지요."

"조 공은 들으세요."

"예, 공주 전하."

"유 공의 말대로 따를 것이니, 그대는 조금만 참고 기다리세요."

"황감하옵니다. 전하의 뜻에 따르겠나이다."

언제 그랬냐는 듯이 조운에게 나긋나긋하게 말하는 내황공주였다.

'됐다! 일단은 조운을 붙잡아두는 데 성공!'

수현은 혼자 있었다면 방방 뛰어다녔을 정도로 기뻤다.

그러나 수현은 지금 엄청난 착각을 하였다.

동탁에게 홍농왕으로 강등된 소제의 여동생이 지금의 내황 공주였다.

공주는 자신이 유우에게 간다고 하여도 지켜줄 이가 없다 는 것에 불안하기만 하였다. 지금이야 황숙 유우가 자신을 반 기고 있지만, 사람 일이라는 것은 언제 어떻게 변할지 모르는 것이었다.

더구나 내황공주는 황숙 유우의 나이가 환갑을 넘긴 것이 불안했다. 그가 죽고 나면 자신은 누구를 의지해야 할지 막막 한 상태이기 때문이었다.

그러기에 내황공주는 조운을 만난 그 짧은 순간에 계획을 세웠다.

자신을 구한 조운이라면, 자신의 모든 것을 걸어도 되겠다 는 계산이 깔려 있었던 거였다. 그런 공주의 마음을 알 리가 없으니 모두들 어린 공주에게 철저히 놀아나고 있는 중이었 다.

수현과 조운은 내황공주를 만난 후 중산 성내를 걷고 있었 다.

수현은 어떻게 하면 조운을 자신의 사람으로 만들지 궁리 를 하고 있었다. 할 수만 있다면 자신의 속내를 까놓고 보여주고 싶을 정도였다.

그만큼이나 조운을 향한 그의 마음은 애달팠다.

그러던 중에 조운이 입을 열었다.

"진 교위님, 아무래도 저는 이대로 떠나는 것이 좋을 듯합니다."

그 말에 놀란 수현이 가던 걸음을 멈추고 조운을 바라보았다.

"그게 무슨 말인가?"

"공주 전하를 구한 일은 공이라고 내세울 것도 없는 당연한 일입니다. 솔직히 말씀드리면 과장하는 것만 같아서 부담스럽습니다."

"자룡, 자네가 이렇게 떠나면 황숙께서 나를 은혜도 모르는 후안무치한 놈이라고 얼마나 야단을 치시겠나."

"그게 무슨 말씀이신지요?"

"자룡 그대가 구한 분이 공주 전하인 것은 알고 있겠지?"

"알고 있습니다."

"그런 분을 구한 자룡을 이렇게 보내 버릴 수는 없네. 그러니 황숙께서 오실 때까지만이라도 기다려 주게."

조운은 수현의 말이 틀리지 않은 것 같아서 며칠 더 머물겠다고 했다.

간신히 조운을 붙잡아두는 것에 성공은 했지만 수현은 더욱 애가 타올랐다.

그렇게 골몰히 고민을 하던 순간에 갑자기 한 가지 방법이 떠올랐다.

　그때부터 그는 유우가 오기만을 목이 빠져라 기다렸다.

＊　　　＊　　　＊

　며칠 후.

　내황공주의 소식을 접하자 곧바로 계를 출발한 황숙 유우가 마침내 기주의 중산에 도착하였다. 그는 노구를 이끌고 먼 길을 달려왔음에도 불구하고 곧바로 내황공주를 찾아갔다.

　그리고 수현이 그런 유우의 뒤를 따라갔다.

　유우는 걸어가면서 수현에게 그간의 일들을 소상하게 물었다.

　의방에 도착하여 안으로 들어서는 유우였고, 유화가 그런 부친을 발견했다.

　그는 자리에서 일어나 부친을 맞이했다.

　"아버님."

　"고생하였다."

　짧은 말이었지만 유화는 부친의 마음을 충분히 전해 받았고, 상처를 입었지만 내황공주가 무사히 도착한 것에 안도했다.

　황숙 유우는 내황공주에게 다가가 안타까운 시선으로 바

라보았다.

"공주 전하, 괜찮으신지요?"

사람 좋기로 알려진 유우는 비록 내황공주가 족보를 따지면 남이나 다름이 없었지만, 상처 입은 모습으로 의방에 있으니 애처롭기만 하였다.

그는 침상에 걸터앉아 내황공주의 상처를 보려고 하였지만 옷으로 가려져 있어 그럴 수가 없었다.

"의원."

"예, 황숙."

"공주 전하의 옥체는 어떠하신가?"

"할아버님, 저는 참을 만합니다."

"전하, 치료는 의원이 하는 것입니다. 의원은 소상히 고하라."

"예, 전하께옵서는……."

의원은 내황공주가 오른쪽 어깨 근처에 화살을 맞았다고 말했다.

그러나 당시 내황공주가 옷을 여러 겹 껴입었고, 가죽으로 만든 갑옷까지 입은 상태여서 큰 부상은 피했다고 말했다. 또한 공주가 혼절한 이유는 놀란 것 때문이라고 자세히 설명했다.

"천만다행이군. 그럼 언제쯤이나 마차를 타실 수 있을 정도로 거동이 가능한가?"

"이삼 일만 지나면 거동이 가능하실 겁니다."

그 말에 유우는 자리에서 일어났다.

그러면서 그는 아들에게 물었다.

"교위에게서 들으니 공주 전하를 구한 이가 있다던데, 누구더냐?"

"조운이란 자인데, 지금 객청에 있습니다."

그러자 수현이 기회라고 생각하며 입을 열었다.

"할아버님, 그 일로 긴히 드릴 말씀이 있습니다. 잠시 밖으로 나가시지요."

"알았다. 공주 전하, 다시 오겠습니다."

의방을 나온 두 사람은 근처에 있는 객잔으로 들어갔다.

때마침 급하게 길을 온다고 식사를 거른 유우였고, 둘은 간단히 식사를 하면서 얘기를 나누었다.

"하고 싶은 말이 뭐더냐?"

"할아버님, 조운이라는 자를 제가 의동생으로 거두고 싶습니다."

"허허, 그자를 본 지 겨우 며칠이 지났을 뿐이다. 그렇게 마음에 들었던 것이냐?"

"오십이 넘는 흑산적들을 홀로 상대할 정도로 무위가 뛰어난 조운입니다. 더구나 공주 전하를 구하고도 보상을 바라지도 않는 성품이 마음에 듭니다."

"흐음……."

손녀사위의 말에 유우는 고민에 잠겼다.

유우가 수현을 손녀사위로 밀어붙인 것에는 그만한 이유가 있었다.

그는 처음 수현을 만났을 때 태수의 아들을 구하고도 보상을 바라지 않았던 것이 마음에 들었기 때문에 손녀사위로 밀어붙였다. 그래서 지금 수현이 조운을 어떻게 생각하는지 그 심정을 알 것 같았다.

"그럼 내가 무엇을 도와주면 되겠느냐?"

"제가 한시적이지만 유주의 교위입니다. 그 관직을 조운에게 내리시지요."

"알려진 것이 없는 자에게 그런 막중한 자리를……."

수현은 유우의 고민이 무언지 충분히 납득이 되었다.

교위는 주의 병권을 장악할 수 있는 중요한 자리였다.

수현은 자신이 유주의 교위가 될 수 있었던 것은 황숙 유우라는 든든한 배경이 있었기 때문이라고 생각했다.

그러나 조운은 겨우 병사들의 장(長)인 졸백의 신분이 전부였다. 그런데 그 자리마저도 박차고 나와 버려 지금은 떠돌이 무장이나 다름이 없었다.

그러니 유우가 망설이는 것이 충분히 이해가 되었다.

잠시 고민을 하던 유우는 손녀사위의 간절한 눈빛을 보았다.

그러자 손녀사위가 관상을 볼 줄 알고, 진중한 성격이라 함부로 사람을 천거하지는 않았을 거라는 생각이 들었다.

그런 생각에 입가에 미소를 만들며 말했다.

"허허, 네가 그자에게 단단히 빠진 모양이구나. 원하는 대로 그리하여라."

"감사합니다!"

"그럼 그자를 한번 만나봐야겠지, 정식으로 임명하는 것은 계에 돌아간 후에 하는 것으로 하마."

"알겠습니다, 자리를 만들어보겠습니다."

수현은 조운을 얻기 위해서라면 그까짓 임시직인 교위에 연연할 필요가 없다고 생각했다.

그렇게 해서라도 조운이 떠나는 것을 막을 수만 있다면 성공했다고 보는 그였다.

그날 저녁.

유우는 중산태수부 별채에서 지내게 되었다.

그는 다행히도 내황공주의 부상이 심각한 것이 아니란 것에 안도하였다. 며칠만 지내면 이동을 할 수 있다고 하니 한결 마음이 편해졌다.

"아버님, 접니다."

"들어오너라."

유우는 아들의 음성이 들려오자 문을 바라보았다.

조심스럽게 문을 열고 안으로 들어온 아들을 보면서 그는 두툼한 방석을 가리켰다.

"앉거라."

유화는 자리에 앉자 지나온 일을 자세히 설명했다.

유우는 아들의 설명을 경청하다 궁금한 것이 있으면 묻곤
했다.

그러다 조운이 흑산적의 도적들을 처리한 얘기가 나오자
또다시 질문을 했다.

"포구에 있다는 그 객잔은 어떻게 했느냐?"

"태수부에서 병사들을 보냈지만 이미 종적이 사라진 후랍
니다."

"그럴 것이다. 놈들이 멍청하지 않다면 그냥 있을 리가 없겠
지."

"기주가 흑산적의 본거지이다 보니 불안합니다."

"그렇구나. 동탁이 집권한 후로 벼슬자리에 올랐던 흑산적
놈들이 모조리 쫓겨났다. 아마도 그 때문에 다시 놈들이 움직
이는 것 같구나."

유화는 부친의 말에 수긍했다.

흑산적이 백만이라는 대규모로 활동을 하자 후한의 조정은
도저히 그들을 감당할 수가 없었다. 그래서 흑산적의 총두령
장연이란 자에게 관직을 내리는 것으로 회유를 하였다. 그러
자 흑산적은 활동이 잠잠해졌다.

그런데 동탁이 집권을 하자 흑산적들에게 내린 벼슬을 모

조리 회수하는 조치가 단행되었다. 그러자 보란 듯이 흑산적들은 다시 움직이기 시작하였다.

유우는 흑산적이 기주 일대에서 출몰하였기에 자신의 임지인 계와 가깝다는 것을 상기했다. 그런 생각이 들자 유우는 또다시 황건적의 난이 일어났을 때처럼 불안하기만 하였다.

"그리고 공주 전하와 조운이란 자가 이상합니다."

"그게 무슨 뜻이냐?"

"아무래도 조운이란 자를 공주 전하께서 마음에 담아두신 듯합니다."

그 말에 유우는 조운의 용모를 떠올린다.

준수한 외모의 조운이 떠오르자 유우는 고개를 가볍게 끄덕거렸다.

"하기는 여인들이 보기에는 그럴 수도 있겠더구나."

그러면서 유우는 수현이 계의 교위직을 조운에게 주고 싶다고 하였다는 것을 알려주었다.

유화는 수현이 그런 말을 했다는 것에 놀라며 입을 열었다.

"아무리 한시적이라지만 자신의 관직을 서슴없이 주겠다니 놀랍습니다."

"진 교위는 공손 태수의 아들을 구해주고도 아무런 보상도 바라지 않았다. 조운이라는 그자도 공주를 구하고도 보상을 바라지 않았다더구나."

"맞습니다, 그리고 보니 둘 다 비슷한 점이 있습니다. 용모가 빼어나고, 공명심 따위는 안중에도 없습니다."

"조운이라는 자는 모르겠지만 수현이는 크게 될 인물이다. 그러니 너도 수현이를 많이 도와주어라."

"알겠습니다."

"그보다 낙양에는 언제 돌아가느냐?"

"지금은 낙양이 어지러운 시기라 우선은 계에서 머물면서 상황을 지켜보다가 돌아가려고 합니다."

"그렇게 하여라. 휴우! 앞으로 이 나라가 어찌 되려고 이러는지……."

부친의 탄식에 유화는 아무런 말을 할 수가 없었다. 자신도 한 치 앞을 예상하지 못할 정도로 혼란스러운 정국이기 때문이었다.

* * *

다음 날, 정오.

내황공주를 찾아갔던 유우는 태수부의 객청으로 수현과 조운을 불렀다.

한가롭게 차를 마시던 유우는 두 사람이 나란히 들어오자 입가에 엷은 미소를 만들었다.

조운은 유우를 향해 공손히 인사를 한다.

"황숙을 뵙습니다."

"고맙네, 자네 덕분에 공주 전하께서 무사하였네."

"당연한 일을 한 것뿐입니다."

"아니네, 작은 공을 세우고도 그것을 내세우는 자들이 얼마나 많은가. 자네는 큰 공을 세운 것이네."

"그리 말씀을 해주시니 감사합니다."

"아! 이쪽은 여의 손녀사위라네. 인사는 나눴겠지?"

그러자 수현이 유우를 바라보며 말했다.

"예, 인사는 나눴습니다."

유우는 둘에게 자리를 권하였고, 시비가 차를 내오자 잠시 기다렸다.

유우는 시비가 잔을 탁자에 두고 나가자 다시 입을 열었다.

"자룡, 이렇게 보자고 한 것은 여기 있는 손녀사위 때문이네. 손녀사위가 그대를 잘 보았는지 자신이 맡고 있는 유주의 교위직을 자네에게 주고 싶다고 하더군."

"예! 그게 무슨!"

조운은 그 말에 당연히 놀라고 말았다.

수만을 동원할 수 있는 주의 병권을 장악할 수 있는 자리가 교위였다. 그런 자리를 만난 지 며칠 되지도 않은 자신에게 주겠다고 하니 당연한 반응이었다.

"이보게, 자룡. 나는 자네가 뛰어난 사람이라고 보네."

"교위께서 저를 만난 지 겨우 며칠이 되었을 뿐입니다."

"만난 시간이 중요한 것은 아니지. 자네를 보면서 느낀 것이 틀렸다면 그것은 내가 사람 보는 안목이 모자란 것이겠지."

그런 두 사람을 지켜보던 유우가 차를 마신 후에 입을 연다.

"수현아, 이제 네가 추측한 대로 모든 일이 벌어졌다. 앞으로 어떻게 해야겠느냐?"

수현은 유우의 그런 말이 조운에게 들어보라는 뜻이라는 것을 간파했다.

"전에 말씀드린 것처럼 연합은 얼마 가지 못하고 와해되어 사라질 것입니다, 그럼 반동탁 연합에 가세한 제후들은 상대의 것을 뺏어 영역을 확장하려고 할 것입니다."

"설마 그런 일이 일어나겠습니까?"

"자룡, 자네라면 동탁이 세운 지금의 황제를 인정할 수 있겠나?"

"그, 그거야."

"자네가 생각하는 것이 맞네. 동탁에게 이끌려 강제로 즉위한 황제는 정통성에 치명적인 약점이 있지. 그러니 제후들은 아무리 칙서가 내려온다고 하여도 그것을 무시할 수 있는 명분이 있네. 그럼 조정의 통제는 아무짝에도 쓸모가 없게 되는 것이네."

"서, 설마. 그럼 공주 전하를 구하신 것도 그런 연장선상에 있는 겁니까?"

조운의 물음에 수현은 답을 하지 않고 차를 마셨다.

정적만이 감도는 분위기에 수현은 아랑곳하지 않고 말없이 차만 마셨다.

조운은 그런 침묵을 긍정으로 받아들이고, 수현이 보통내기가 아니란 생각을 했다.

'공주 전하를 구한 것이 순수한 의도가 아니고, 칙서를 막아내기 위한 수단으로 필요한 것인가……'

그런 생각이 들자 조운은 문득 자신의 앞날을 고민해 보았다.

원소와 공손찬을 섬겼지만 자신에게 돌아온 것은 보잘것없는 졸백이 전부였다. 가슴속에는 만군을 지휘하는 대장군의 웅지가 있는데, 그것을 펼쳐 보일 기회조차 주어지지 않았다.

그러다 문득 진 교위가 왜 이런 말을 자신에게 하는 것인지가 궁금했다.

고민에 잠겨 있는 조운을 못 본 척하면서 수현은 유우를 바라보았다.

"할아버님, 저는 여기 있는 자룡을 며칠 본 것이 전부이지만 제 동생처럼 여기고 있습니다. 그래서 모든 것을 털어놓고 싶습니다."

"허허허, 그리도 마음에 들더냐?"

"예, 할아버님."

"진 교위님!"

조운은 수현이 그처럼 말하자 놀라면서도, 한편으로 감격에 겨워 바라보았다.

당장에 갈 곳이 마땅히 없는 그였다.

공손찬 태수의 포악한 성정에 질려 버린 조운이었고, 형님의 기일을 핑계로 공손찬의 휘하를 떠났지만 그까짓 졸백(병사들의 우두머리) 자리에 연연하고 싶지도 않았다.

그런데 자신을 동생처럼 여기고 있다고 말하는 수현이었다. 그 말은 곧 자신을 알아주었다는 뜻이라 감격에 겨워 당장이라도 눈물이 나올 것만 같았다.

"거듭 말하지만 사람이 만난 시간은 중요하지 않네. 자네가 그만큼 뛰어나기 때문이네."

'아! 이제야 나를 알아주는 사람을 만났구나!'

그러면서 조운은 지나온 날들이 주마등처럼 스치고 지나갔다.

무의미하게 살아가는 삶이 너무나 힘들었던 조운이었다. 그토록 인정을 받기 위해 노력을 했지만 아무도 자신을 알아주지 않았다.

그런데 고작 만난 지 며칠 되지도 않은 수현이 자신을 알아주니 심장이 요동쳤고, 온몸에는 전율이 일어났다.

"그 얘기는 그만하고, 하던 얘기나 마저 하여라. 자룡, 그대도 경청하게."

"예, 황숙."

"앞으로 제후들 간의 반목이 있겠지만, 할아버님이 다스리는 유주는 그들의 싸움에 끼어들 필요가 없다고 봅니다."

"왜 그런 것이지?"

"가까이에 있는 공손찬을 경계하여야 합니다. 그러면서 멀리 있는 원소와는 친분을 쌓는 것입니다. 그리한다면 공손찬이라고 하여도 함부로 북상하지는 못할 것입니다."

수현은 손자병법에 나오는 원교근공(遠交近攻)의 계책을 유우에게 진언했다.

그의 말처럼 호시탐탐 유주를 노리는 공손찬과는 물과 기름의 관계였다. 반면에 원소는 풍족한 기주를 차지하고 싶은 열망이 가득한 상태라는 것을 수현은 알고 있었다.

그러기에 수현은 공손찬이 위아래로 견제를 받는 입장이 될 것이라고 말했다.

그러자 듣고 있던 조운이 물었다.

"그럼 공손찬 태수를 공격하자는 것입니까?"

"자룡, 우리가 굳이 싸울 필요는 없지. 원소와 공손찬이 서로 싸우면 지켜보다가, 둘 중 하나가 떨어져 나가면 그때 어부지리만 취하면 된다네."

"아!"

"역시, 너와 얘기를 나누면 답답했던 심정이 풀리는구나. 그러기만 하면 되느냐?"

"할아버님, 원소와 공손찬이 싸우는 동안 우리는 북으로 진출을 해야 합니다."

"북으로 진출한다?"

"예, 아직은 소상한 계획이 없습니다. 조만간 계획을 세운 후에 말씀 올리겠습니다."

"기다리고 있으마. 이보게, 자룡."

"예, 황숙."

유우의 부름에 조운은 상기된 표정으로 바라보았다.

"자네가 믿을지는 모르겠지만, 여기 있는 진 교위는 이미 이런 정국을 예상했었다네. 자네가 겪어보면 알겠지만 보통 인물이 아니야. 더구나 손녀사위가 자네를 동생처럼 여긴다고 말하니 이참에 서로 결의를 다져 의형제가 되는 것이 어떤가?"

"제가 어떻게 감히 그런 일을 할 수 있겠습니까."

말과 달리 조운은 수현이 놀랍게도 이런 일들을 예상했다는 것이 무서울 정도였다. 그러면서도 수현에게 점점 호감이 생겨났다.

"조금 전에 진 교위의 말을 자룡도 들었겠지만 앞으로 난세가 도래할 것이다. 그런 어려운 시국에는 서로를 의지하는 것이 가족이지. 두 사람이 형제의 연을 맺는다면 더할 나위 없이 좋은 일인 것 같구나. 수현이는 어떻게 생각하느냐?"

"저는 이미 자룡을 동생처럼 생각하고 있습니다."

"그래? 그럼 자룡의 생각은?"

그러자 조운은 말이 없었다.

수현은 겉으로는 덤덤한 표정이었지만 속은 애간장이 탔다.

'하겠다고 말해! 네가 내 의동생이 된다면 마누라만 빼고 뭐든지 들어주마!'

수현의 마음을 알 리가 없는 조운은 고민을 하다가 자리에서 일어나더니 황숙 유우에게 정중히 인사를 했다.

"저는 평소 인자하신 황숙을 흠모하였습니다, 그러나 제 신분이 미천하여 황숙을 가까이서 모실 수가 없었습니다. 그런데 이렇게 제게 황숙을 모실 수 있는 기회를 주시니 이 한 몸 바치겠나이다."

그러더니 이번에는 수현을 향해 공손히 인사를 했다.

"사내는 자신을 알아주는 사람을 만나야 하는 것으로 알고 있습니다. 진 교위께서 저를 알아봐 주시니 이제야 제 오랜 한이 풀리는 것만 같습니다. 저를 동생처럼 여기신다니 저 또한 앞으로 형님으로 모시도록 하겠습니다."

그러자 수현이 자리에서 벌떡 일어났다.

"고맙네! 자룡!"

"미천한 저를 동생으로 받아주시니 몸 둘 바를 모르겠습니다."

"아니네, 이제부터 자네는 내 동생이네! 진심으로 고맙네!"

그러면서 수현은 조운의 손을 힘껏 부여잡았다.

조운은 수현의 진심이 전해져 오는 것만 같아서 온몸이 희열로 가득 찼다.

"하하하, 이런 훌륭한 장수를 얻었으니 참으로 기쁘구나. 이 참에 길일을 잡아 결의형제를 맺는 의식을 가지자구나."

손을 꼭 부여잡은 둘을 보며 유우는 입가에 환한 미소를 만들어 함께 기뻐해 주었다.

＊　　　　＊　　　　＊

4일 후.

내황공주의 부상이 어느 정도 치료가 되자 유우는 계로 출발했다.

수백의 병사들이 호위하는 마차에 타고 있는 내황공주였고, 마차는 관도를 따라 여유롭게 움직이고 있었다.

그러나 그런 일행들과 달리 수현은 말 위에서 어쩔 줄을 몰라 했다.

엉거주춤한 모습으로 말을 타고 있는 수현을 보면서 조운은 간신히 웃음을 참아냈다.

"크! 큭!"

"어허! 이 사람아! 누구는 생고생인데 웃음이 나오나!"

"형님, 왕족이시란 분이 여태 말을 타시는 법도 모르십니까?"

"내 말하지 않았나, 어릴 적에 낙마하여 그 후로는 말을 타본 적이 없다고."

그런 말에도 조운은 수현의 우스꽝스러운 모습에 웃음만
터져 나왔다.

수현은 계로 가는 길에 말을 타는 것을 배우려고 하였다.
그런데 그동안은 미처 몰랐던 놀라운 사실을 알게 되었다.

'젠장, 등자가 없다니!'

말을 타려고 하니 놀랍게도 등자가 없다는 것을 발견하게
되었다. 그러니 도무지 안정이 되지가 않았다.

"아이고, 이러다 허리 나가겠네."

"형님, 천천히 하십시오. 형수님께서 형님이 허리를 다친 것
을 아신다면 눈물을 흘리실 겁니다."

그때 염유 부장이 말을 몰아왔다.

등자(발걸이)가 없는데도 능숙하게 말을 몰아오는 염유를
보니 오기가 치밀어 오르는 수현이었다.

"진 교위님, 황숙께서 근방에서 식사를 한 후에 출발하자고
하십니다."

"그런가. 그럼 적당한 곳에서 멈추도록 하게."

"예!"

수현은 해가 중천에 떠오른 것을 보고는 말에서 내렸다.

그는 허리를 토닥거리면서 조운에게로 향했다.

"자룡, 공주 전하께서는 시녀가 없어 불편하실 것이니 우리
라도 가서 함께 식사나 하세."

"알겠습니다."

그러면서 두 사람은 마차로 향했고, 내황공주는 차양이 만들어준 그늘 아래에 있다가 둘을 반갑게 맞이했다.

"두 분, 어서 오세요."

"전하, 적적하실 것 같아서 이렇게 왔습니다."

"고맙습니다, 그런데 어디 불편하십니까? 안색이 어둡습니다."

"아, 아무것도 아닙니다."

그때 병사 몇이 나타나더니 식사를 준비하고 떠났다.

이런저런 얘기를 나누면서 식사를 하였고, 수현은 내황공주가 조운에게 의미심장한 눈빛을 보내는 것을 보게 되었다.

'쯧쯧, 창만 잘 쓰지 여자는 영 숙맥인가 보네.'

조운은 그런 공주의 눈빛을 아는지 모르는지 먹는 것에만 집중했다.

그러자 보다 못한 수현이 나섰다.

"전하, 제가 허리가 좋지 않아서 그러는데 마차에 동승을 해도 되겠는지요?"

"그러세요, 저야 형부께서 함께 가주시면 고맙지요."

"형, 형부라니요!"

"할아버님의 손녀사위라면 당연히 제게는 형부가 되시는 것으로 알고 있습니다."

"그, 그렇기는 하지만."

'허, 진짜 당돌한 꼬마 아가씨네.'

수현은 내황공주가 처음 보았을 때의 첫인상과 달리 살갑게 대하자 놀랐다. 그러면서 한편으로는 살아남으려고 발버둥치는 것만 같아서 안쓰러워 보였다.

만약 이런 일로 계에 가지 않았다면 과연 내황공주가 자신을 형부로 불렀을까 싶었다.

그렇게 식사가 끝나고 일행은 다시 길을 떠났다.

덜컹!

덜컹!

수현은 마차 안에서 내황공주를 바라보고 있었다.

"전하."

수현이 나지막하게 부르자 내황공주는 창가에서 고개를 돌려 바라보았다.

"제가 궁금하여 그러는데, 솔직히 물어도 되겠는지요?"

"말씀하세요."

"전하께서는 자룡을 어떻게 보시는지요? 혹여 그를 마음에 담아두시고 있는 겁니까?"

"그게 무슨!"

수현의 말에 내황공주는 당황하는 기색이 역력했다.

그러나 그런 모습에 수현은 오히려 확신을 하게 되었다.

"전하, 저는 자룡과는 의형제 사이입니다. 그러니 솔직한 마음을 알려주세요. 만약 그런 마음이 있다면 적극 돕겠습니다."

"그, 그게……."

수현의 말에 차마 답은 못하고 고개를 숙이는 내황공주였다. 그녀의 붉어지는 얼굴을 보니 공주의 마음을 알 것 같았다.

"전하, 외람되오나 한 가지만 묻겠습니다. 만약 자룡과 연이 닿는다면 공주의 삶을 살아가실 겁니까? 아니면 여인의 삶을 살아가실 겁니까?"

그러자 내황공주는 언제 부끄러워했냐는 듯이 고개를 들고 답했다.

"제가 공주라고는 하지만 이제는 저를 지켜줄 이가 아무도 없다는 것을 알고 있습니다. 조 공이 저를 받아준다면, 사내가 큰일을 하는 데 내조하는 여인의 삶을 살아가고 싶습니다."

"알겠습니다, 전하께서 그리 생각을 하신다니 최선을 다해 돕겠습니다. 그러시려면 전하께서도 조금은 적극적으로 자룡에게 다가가세요. 제가 볼 때 자룡은 여자를 대하는 것이 숙맥이나 다름이 없습니다."

"그럴게요."

그러면서 내황공주는 환하게 웃어 보였다.

수현은 마차에서 내려 다시 말을 타기 위해 노력했다.

'돌아가면 등자부터 만들어야겠다!'

수현은 등자가 흔한 세상에서 살다가 와서 몰랐지만, 이런 결심으로 인해 엄청난 변화를 야기하게 되었다.

훗날의 얘기지만 수현은 단순하게 생각한 등자(鐙子)[1]를 자신의 군대에 보급을 하였다. 그러자 진수현의 기병들은 엄청난 힘을 발휘하며 빠르게 북방의 패자로 군림하게 되었다.

---

1) 말을 탈 때 발걸이를 등자라고 한다. 등자의 역사는 수천 년이나 되었다. 중국에서 최초로 등자라는 것이 나타난 곳은 진시황의 병마용갱이다. 그곳에서 출토된 기마상에 등자의 초기 형태가 있었다. 등자의 초기 형태는 오늘날과 달리 발걸이가 하나밖에 없었다. 그리고 길이도 상당히 짧아 단순히 말에 오르기 위한 마구의 일종에 불과했다. 오늘날처럼 양발을 걸게 된 등자는 3세기 후반에나 등장하게 된다. 그전까지만 하더라도 기마병은 말의 배에 다리를 최대한 힘껏 부착해야 했다. 그러기에 말을 타는 것은 상당히 위험하면서도, 오랜 시간의 훈련을 필요로 했다. 그래서 등자가 나타나기 이전 기마병은 그다지 큰 위력을 발휘하기가 어려웠고, 전장에서의 주력은 보병이었다. 예외적으로 후한의 변방에 위치한 이민족들은 어렸을 때부터 말을 탔기에 등자가 없어도 충분히 전장에서 힘을 발휘했다. 그러나 후한은 보병이 주력이었고, 흉노에게 엄청난 피해를 받아야만 했다. 등자가 나타나자 기병은 말 위에서도 자유롭게 활을 쏘거나, 칼을 힘차게 휘두를 수 있게 되었다. 그러자 전장에서 기병의 위력은 엄청나게 배가되었다. 이런 등자는 7세기 후반 유럽으로 전해졌고, 중갑으로 무장한 유럽의 기사들이 전장의 주인공으로 등장하게 되는 배경이 되었다.

제11장
요동으로 가는 길

190년, 이 무렵의 반동탁 연합군.

연합군은 강동의 호랑이로 불리는 손견을 선봉장으로 삼아 사수관으로 진격을 했다.

그러나 선봉장 손견은 비열한 원술의 술수 때문에 제때 보급을 받지 못해 하남윤 양현에서 대패하여 겨우 목숨만 건질 수 있었다.

그런 소식이 전해지자 연합군의 제후들은 사수관 전투에 총력을 기울일 수밖에 없었다.

동탁은 연합군이 낙양의 관문인 사수관으로 몰려오자 이에 호진을 대독호, 여포를 기독으로 임명했다. 그리고 여러 장수들을 도독으로 임명하는데, 사수관을 지키는 화웅이 그들 도독들 중의 한 명이었다.

화웅은 키가 9척에 이르는 장신이고, 얼굴은 험악하게 생겨 영락없이 맹수나 다름없었다. 더구나 무위 또한 뛰어나 포충, 원술의 부장 유섭, 한복의 부하 반봉 등을 죽여 버렸다.

이름깨나 알려진 무장들이 연이어 화웅에게 죽임을 당하자 연합군의 사기는 떨어졌고, 감히 화웅을 죽이겠다고 나서는 무장들이 없었다.

그 때문에 제후들이 모여 있는 군막 안에는 무거운 적막만 이 감돌았다.

그러자 연합군의 맹주 원소가 좌중을 둘러보며 말한다.

"모두들 이 일을 어떻게 할지 말을 해보시오. 화웅 저놈에 게 장수들이 연이어 죽어나가니 병사들의 사기가 걱정이오."

원소의 말에 모든 제후들이 꿀 먹은 벙어리처럼 입을 다문 채로 굳은 표정을 내보였다.

그런 분위기를 잠시 지켜보던 누군가 움직였다.

제후들은 평원현령인 유비의 뒤에서 시립하고 있던 건장한 사내가 나타나자 그에게 눈길을 주었다.

"제가 가서 화웅의 목을 가져오겠습니다."

맹주 원소는 키가 9척에 달하고, 붉은 수염을 멋스럽게 기르고 있는 사내가 거대한 언월도를 들고 있는 모습에 대단한 무장으로 여겨 물었다.

"그대는 누군가?"

"저는 유비 형님과 함께 동탁을 토벌하기 위해 나서게 되었습니다. 이름은 관우, 자는 운장입니다."

"자네의 형님이 유현덕이라면, 그대의 벼슬은 어떻게 되는가?"

"마궁수입니다."

그 말에 원소가 자리에서 벌떡 일어나 소리친다.

"뭐라! 마궁수! 하찮은 마궁수 따위가 나서다니!"

"여봐라! 저놈이 미쳐서 헛소리를 지껄인다! 당장 내쳐라!"

남양태수 원술이 흥분하여 소리치자 병사들이 관우에게로 향했다.

그러자 조조가 황급히 나서며 말한다.

"지금 화웅에게 여러 장수가 죽었소이다. 비록 보잘것없는 마궁수라지만 손해 볼 것이 뭐가 있습니까."

"이보게, 맹덕! 자네는 우리가 저런 보잘것없는 마궁수를 내보내서 웃음거리가 되자는 것인가!"

"맹주, 여기 이 사람이 화웅을 죽인다면 좋은 것이고, 설령 죽이지 못해도 보잘것없는 마궁수조차도 의기로 나가서 싸웠다고 하면 될 것입니다."

조조의 말에 막사에 있던 제후들은 고개를 끄덕거리며 호응을 했다.

그런 모습에 조조가 데운 술 한 잔을 관우에게 내밀었다.

"이보게, 이 술 한 잔 마시고 가시게."

"아닙니다, 그 술은 그냥 두시지요. 술이 식기 전에 돌아와서 마시겠습니다."

그러면서 관우는 청룡언월도라 이름을 붙인 병기를 들고 막사를 나갔다.

그러나 좌중에 있던 제후들은 기대조차 하지 않았기에 밖으로 나가지도 않았다.

유비는 의동생 관우를 믿기에 장비와 함께 묵묵히 기다렸다.

"와아아아!"

"와아아!"

관우가 막사를 나간 지 채 반각이 되지 않아서 갑자기 엄청난 함성이 들려왔다.

그리고 한 병사가 달려와 보고를 했다.

"화웅이 죽었습니다!"

"뭐라!"

병사의 보고에 자리에 있던 제후들이 놀라 벌떡 일어났다.

제후들은 무적처럼 여겨졌던 화웅이 채 일각이 되지도 않아 죽었다는 말에 믿을 수가 없다는 표정을 내보였다.

잠시 시간이 흐르자 관우가 막사 안으로 들어왔다.

그런데 관우의 손에 피가 뚝뚝 떨어지는 화웅의 목이 들려 있었다.

툭!

관우는 손에 들고 있던 화웅의 목을 바닥에 내던지며 마치 아무 일도 아니라는 듯이 무표정하게 말했다.

"화웅의 머리입니다."

제후들은 바닥에 널브러진 화웅의 목을 보고는 경악을 하였다.

그러나 관우는 무심한 표정으로 아직 식지 않은 술을 단숨에 들이켰다. 그러고는 자신의 의형인 유비의 뒤로 가서 시립을 했다.

그렇게 각지의 제후들에게 강렬한 인상을 심어주며 화려하게 등장한 관우였다.

맹주 원소는 사수관을 지키고 있던 맹장 화웅이 무명의 관우에게 죽자 총공격을 감행했다.

장수를 잃은 사수관의 수비병들은 제대로 저항도 못 해보고 밀렸고, 끝내 연합군에게 함락을 당했다.

그런 소식은 곧바로 동탁에게로 전해지게 되었다.

동탁은 믿었던 화웅이 듣지도, 보지도 못한 무명의 관우에게 죽었다는 사실이 믿을 수가 없었다.

그러나 믿고 싶지 않아도 현실인지라 동탁은 막막한 심정이었다.

더구나 여포조차도 대독호 호진과 반목하여 패주했다는 소식을 접하게 되어 불안해진 동탁은 책사 이유에게 물었다.

"이 일을 어찌해야 하는 것인가?"

"사수관이 뚫리고, 여포마저 패했다면 이곳 낙양을 지키는 것은 어렵습니다."

"그럼 이대로 저놈들에게 항복이라도 하자는 것이야!"

"상국, 일이 이렇게 되었으니 천도를 하시지요."

"천도!"

"예, 장안으로 천도를 하여 그곳에서 적들을 막아내야만 합니다."

이유의 말에 동탁은 고민했다.

그러고는 이대로 낙양에 있다가는 자신이 죽을 수 있다는 불안감에 천도를 결심했다.

"즉시 장안으로 천도할 차비를 하게!"

"그러시면 전국옥새가 필요합니다."

"옥새가 필요하다니?"

"상국, 저들은 현재 사수관을 점령해서 사기는 오르고, 단단히 결속이 되어 있는 상태입니다. 그런 저들을 분열할 수 있게 만드는 것은 야심이지요. 옥새가 누군가의 손에 들어간다면 저들은 자연스럽게 내분에 빠지게 될 것입니다."

그 말에 동탁은 또다시 고민을 했다.

전국옥새!

전국옥새는 '나라에서 나라로 전해지는 옥새'라는 뜻으로,

황제를 상징했다.

진(秦)나라의 시황제(始皇帝)가 만든 옥새에서 유래되었고, 후당 시대의 황제에게까지 전해졌다.

그런 옥새를 달라고 하니 고민을 할 수밖에 없는 동탁이었다.

"상국, 옥새보다도 지금의 난국을 타개하는 것이 더욱 중하고 시급합니다."

"자네가 알아서 처리하게."

"예, 그럼 서둘러 천도를 하겠습니다."

그렇게 천도가 결정이 되자 동탁은 엄청난 만행을 저질렀다.

수도 낙양을 불태우라는 지시를 하였고, 성내에서 거주하는 백성들을 강제로 장안으로 이주하게 만들었다. 그에 불응하는 자들은 지위고하를 막론하고 도륙을 하니 따르지 않을 수가 없었다.

그렇게 동탁의 지시로 낙양은 불타 버렸고, 그 불길에 놀란 장사태수 손견이 화급히 낙양으로 향했다.

그러나 낙양에 입성했을 때는 이미 화마가 휩쓸고 지나간 뒤였다.

손견은 곳곳에 불탄 잔해가 보이는 낙양을 둘러보다 한탄을 하며 황궁으로 향했다.

황궁 역시도 잔해만이 남아 있을 뿐이었다.

손견은 그렇게 황궁을 둘러보던 중에 우물을 발견했다.

그는 우물 안에서 기이한 빛이 새어 나오자 놀라며 말했다.

"저 우물을 살펴봐라!"

그러자 병사들이 달려들어 우물을 살펴보다 소리쳤다.

"주공! 여기에 이상한 것이 있습니다!"

병사들의 외침에 손견이 우물을 살펴보니, 궁녀 하나가 죽어 있었는데 그녀의 목에 반쯤 열려진 함이 걸려 있었다.

그것은 동탁의 책사 이유가 의도적으로 버린 옥새가 담긴 함이었다.

손견의 부하 장수 정보가 함을 건져냈고, 그는 공손히 옥새가 담긴 함을 손견에게 바치면서 말했다.

"주공, 예로부터 전국옥새를 가진 자는 황제가 된다고 하였습니다. 이렇게 전국옥새를 얻었으니 무엇이 더 필요합니까?"

정보의 말에 잠시 옥새를 지켜보던 손견이 입을 열었다.

"지금 보았던 일을 모두 함구하라! 만약 발설하는 자가 있다면 목을 칠 것이다!"

손견이 그처럼 말하며 옥새를 품에 넣었다.

그러나 그 자리에는 원소와 동향이었던 병사가 있었고, 이내 그자는 원소에게 그 같은 사실을 전해주었다.

한편, 손견은 그런 사실을 전혀 모르고 있었다.

손견은 맹주 원소를 찾아가 옥새를 얻은 사실을 숨긴 상태에서 단순히 병을 핑계로 돌아가겠다고 말했다.

그러자 원소가 대노했다.

"하! 그대가 옥새를 얻었다는 것을 그대의 병사가 와서 알려주었다! 응당 옥새를 얻으면 맹주인 내게 가져와야지!"

"옥새라니! 나는 그런 것은 모르오!"

"뭐라! 이제 보니 네놈이 역심을 품고 있었구나!"

"흥! 만약 내가 옥새를 가지고 있다면 하늘에서 떨어진 돌에 맞아 죽을 것이오!"

그러면서 휑하니 막사를 나가 버리는 손견이었다.

손견이 워낙에 강력하게 부인을 하자 원소는 답답했고, 보다 못한 사촌동생 원술이 말했다.

"저자를 이대로 보내실 겁니까?"

"그럼 옥새를 달라고 할까!"

"손견이 옥새를 얻었다는 것을 숨기는 것은 분명 다른 꿍꿍이가 있다는 뜻입니다."

"나라고 그것을 왜 몰라. 그러나 그런 사실이 없다고 한다면 내 체면이 뭐가 되나!"

"그럼 형주자사 유표에게 손견을 막으라고 하시지요."

"그자가 내 말에 따를까?"

"옥새를 가지고 있다는 것을 알려주는 겁니다. 그럼 가만히 있겠습니까."

"그러다 유표 그 놈이 옥새를 차지하면?"

그러자 원술은 입가에 조소를 만들며 말했다.

"둘이 싸우고 나면 유표 따위는 두려운 상대가 아니지요."

"으하하하! 맞네! 그리하지!"

그때 갑자기 장막이 열리더니 조조가 다급히 안으로 들어오며 소리쳤다.

"원 맹주! 동탁 저놈이 낙양을 불태우고 도망치고 있지 않소!"

"나도 귀가 있고, 눈이 있어 알고 있네."

"그럼 당연히 놈을 추격해서 잡아야지요!"

그러자 원소는 표정이 굳어졌다.

'저놈의 말대로 했다가는 모든 공이 저놈에게 돌아가겠구나.'

원소는 조조의 주장이 맞다는 것을 알지만, 조조에게 모든 공이 돌아가는 것은 두고 볼 수가 없었다.

"동탁의 책사 이유는 분명 계략이 있을 것이니 함부로 군을 움직여서는 아니 되네."

"뭐요! 어떻게 맹주가 되어 그런 소리를 한다는 것이오!"

"아무리 동탁이 도망치고 있다지만, 아직도 많은 병력이 남아 있네. 섣불리 움직일 때가 아니네."

"하! 그러고도 맹주라고 할 수 있소!"

"그렇게 동탁을 쫓고 싶다면 자네 혼자 가게."

"좋소이다! 나 혼자서라도 동탁 그놈을 잡을 것이오!"

그러면서 조조는 씩씩거리며 막사를 나가 버렸다. 이렇게 한순간에 두 명의 제후가 연합에서 탈퇴를 해버렸다.

훗날의 애기지만 이때 조조는 동탁에게 크게 패했고, 죽마고우인 장막이 태수로 있는 진류로 도망치게 된다.

손견과 조조가 연합에서 빠졌다는 소식을 전해 들은 제후들이 막사로 몰려가서 소리쳤다.

그들은 보급을 담당하는 원술에게 군량이 부족하니 내어달라고 요구하였지만, 원술은 이런저런 이유를 대며 그들의 요구를 들어주지 않았다.

그에 원소는 유주목이자 황족인 유우에게 동탁이 세운 황제를 대신하여 황위에 오르도록 청했다.

이렇게 반동탁 연합은 서서히 붕괴되기 시작하였고, 이후 제후들 간의 반목이 계기가 되어 수십 년간이나 지속되는 전란의 시대가 열리게 되었다.

*   *   *

수십 일 후, 유주의 주도 계.

무사히 계에 입성한 내황공주는 태수부의 후원에서 지내고 있는 중이었다.

수현은 공주의 상처를 살피다가 보기 좋은 미소를 만들며 말했다.

"공주 전하, 이제는 더 이상 치료를 하지 않아도 되겠습니다."

"형부, 치료가 끝난 것인가요?"

"예, 다행히도 뼈를 다치지 않아서 회복이 빨랐습니다."

"고맙습니다."

"아닙니다, 그럼 쉬세요."

그러면서 수현은 자리에서 일어났다.

그는 내황공주가 지내는 곳을 나와 유주의 목이자 계의 태수를 겸직하고 있는 유우를 찾아갔다.

수현이 공주의 상태를 보고하려고 부중으로 들어서는데 관리들과 함께 있는 유우의 표정이 잔뜩 굳어 있었다. 그는 무거운 분위기를 감지하고 조심스럽게 자신의 자리고 가서 앉았다. 그러고는 옆에 있는 유화에게 작은 소리로 묻는다.

"무슨 일이 있습니까?"

그러자 유우가 진수현을 보며 물었다.

"공주 전하의 상태는 어떠하냐?"

"이제는 더 이상 치료가 필요 없을 정도로 회복이 되었습니다. 그런데 무슨 일이 있는 겁니까?"

"이걸 읽어보거라."

그러면서 탁자에 놓여 있는 비단 두루마리를 건네주었다.

그것을 받아 읽어가던 진수현이 놀란 눈으로 유우를 바라보았다.

"끝내 일이 이렇게 되었군요."

"원소가 내게 황제의 위에 오르라고 하는구나."

"어떻게 하실 생각이신지요?"

"불가하다! 아무리 동탁이 세운 황제라 하여도 이미 황제가 되었다. 그러니 내가 황위에 오른다는 것은 말이 안 되는 것이다."

유우의 단호한 말에 부중에 있는 관리들은 아쉬워하는 표정이 역력했다.

만약 유우가 황제가 된다면 그들은 주의 지방 관리가 아니라, 중앙의 관리가 되는 길이 열리는 것이다. 그런데 유우가 그런 제안을 거절하니 입안이 소태를 씹은 것처럼 쓰디썼다.

그들 중에 이제 20대 후반 정도로 보이는 관리가 유우를 바라보며 입을 열었다.

"황숙."

"자태(전주의 자)는 할 말이 있나?"

"황숙께서 그리 뜻을 세웠다면 저희들은 따를 것입니다, 하지만 이대로 지켜본다는 것은 도리가 아니라고 봅니다. 원소의 호의를 무시해서는 아니 됩니다."

"자네의 말이 맞네. 그럼 어찌하자는 것인가?"

"서신을 가져온 전령이 하는 말에 따르면, 지금 원 맹주를 따르는 제후들의 군량이 부족하다고 합니다. 많은 양은 어렵더라도 군량을 제공해서 원 맹주의 체면이라도 세워주시지요."

그러자 유우는 이제 갓 교위에 임명된 조운을 바라보며 입을 열었다.

"조 교위의 생각은 어떠한가?"

이제 부중의 관리들은 수현과 조운이 의형제라는 것을 알고 있었다. 또한 임시직이기는 하지만 수현이 자신의 관직을 조운에게 물려주었다는 것도 알게 되었다.

그런 수현을 모두들 대범하다고 받아들였다.

조운이 무슨 의견을 내놓을지 궁금하여 모두의 시선이 그에게로 쏠렸다.

"황숙, 지금 계의 성 밖에는 황건적의 난을 피해 모여든 백만에 달하는 난민들로 인해 곤욕을 치르고 있습니다. 또한 지금은 춘궁기인지라 군량을 제공해서는 아니 된다고 봅니다."

"황숙, 그래도 황숙을 위해 그런 제안을 해온 원 맹주입니다."

전주가 조운의 말에 반박을 하자 유우는 고민이 되었다. 두 사람이 말하는 의견이 모두 맞는 것만 같아서 쉽게 결정을 내릴 수가 없었다.

"할아버님, 군량을 제공하는 일은 심사숙고하셔야 합니다."

수현의 말에 부중에 있는 모든 관리들이 그를 바라보았다.

유우는 골치 아픈 일을 수현이 해결해 줄 것으로 기대하며 바라보았다.

"왜 그런 말을 하느냐?"

"원소가 할아버님을 황위에 오르도록 하는 이유를 모르시겠습니까?"

"모두가 알 수 있게 자세히 말해보거라."

"연합군에 내홍이 있기 때문입니다, 그것을 무마하기 위해서 원소가 그런 제안을 한 것입니다."

"그럼 어찌하자는 것입니까?"

전주가 또다시 반대하는 뜻이 담긴 물음을 해오자, 수현은 그를 바라보며 입을 열었다.

"지금 병력을 이끌고 연합군에게 가봐야 이미 내분은 극에 달해 있을 겁니다. 또한 북평의 공손찬이 호시탐탐 황숙을 노리고 있습니다. 지금은 그것에 대비를 해야 할 때입니다."

수현의 말에 전주를 제외한 모두가 고개를 끄덕인다.

그러면서 그들은 지난 장순의 난을 평정하며 생긴 황숙 유우와 공손찬의 관계를 상기하게 되었다. 둘의 관계가 물과 기름의 관계이니 수현의 말이 옳다고 여겼다.

그들은 군량을 수송하기 위해 함부로 군을 움직였다가 만에 하나 공손찬이 이상한 짓이라도 벌인다면 큰일이라고 여겼다.

그때였다.

"공주 전하 납십니다."

부중 밖에서 들려온 시녀의 음성에 모두들 자리에서 일어났다.

내황공주가 나타나자 모든 관리들이 그녀에게 허리를 숙여 보였다.

유우는 갑자기 나타난 내황공주 때문에 당황스러웠지만 내색하지 않고 차분하게 응대했다.

"공주 전하, 여기는 어인 일이신지요?"

"할아버님, 역적 동탁이 낙양을 불태우고 장안으로 도망쳤다는 것이 사실입니까?"

"그러하옵니다."

"그럼 홍농왕 전하를 구하는 길은 요원한 것인가요?"

"안타깝게도 여전히 역적 동탁의 마수에 있나이다."

유우의 말은 틀린 말이었다.

동탁은 장안으로 천도하면서 홍농왕이 있는 왕부에 병사들을 보내 그를 죽여 버렸다. 그런 사실은 아직 북방 유주에 전해지지는 않았지만, 시간이 흐르면 자연스럽게 알려질 사실이었다.

그나마 수현은 그런 사실을 알고 있었지만, 지금은 그런 사실을 밝힐 수가 없어 가만히 지켜만 보았다.

"그럼 앞으로 어찌하실 생각이신지요?"

"그러지 않아도 그 일을 의논 중이었습니다만 마땅한 해결책이 없는지라……."

그 말에 내황공주는 표정이 굳어갔다.

자신도 동탁을 어찌해 볼 수 없다는 것을 잘 알고 있었다.

그러나 그런 사실을 알아도 너무나 안타까워 견디기가 힘들었다. 그러기에 이처럼 조당까지 찾아온 것이다.

수현은 내황공주가 조당으로 불쑥 찾아온 것은 좋은 일이 아니란 생각에 입을 열었다.

"공주 전하, 각지의 제후들이 동탁을 죽이고자 노력하고 있으니 조금만 기다려 주시지요."

"알겠습니다."

내황공주가 부중을 나가자 모두들 굳은 모습이었다.

수현은 자신이 나서도 대세를 바꿀 수 없다고 판단했다. 한나라의 북쪽 변방인 이곳에서 동탁을 처리한다는 것은 불가능하다고 판단을 내린 상태였다.

'북방으로 진출해서 기반을 다져야 한다.'

수현은 지금은 중원의 싸움에 끼어들 때가 아니라, 내치에 힘쓰면서 북방의 오환, 선비족과 연계해야 한다고 보았다. 그들만 포섭할 수 있다면 북방에 제국을 건설할 수 있다고 보았다. 물론 그 일이 얼마나 어려운지 잘 아는 그였다.

'부여나 고구려도 포섭할 수 있으면 좋은데, 문제는 저들이 너무 멀리 있으니……'

수현은 가능하다면 부여나 고구려도 포섭하고 싶었다.

하지만 부여나 고구려는 너무나 멀리 있어 어렵다고 판단했다. 그러면서도 기회가 된다면 그들과 연계를 하고 싶었다.

"자태."

유우의 음성이 들려오자 급히 상념에서 벗어나는 수현이었
다.

"예, 황숙."

"그대에게 서신을 써줄 것이니 원소를 찾아가게. 가서 뜻은
고마우나 제안을 받아들일 수 없다고 하게. 만약 이유를 물으
면 이미 황제가 있어 불가하다고 하게."

"그리하겠습니다."

"모두 각자 맡은 임무에 최선을 다해주게."

그러면서 유우는 수현과 조운만을 남게 하고는 모두를 내
보냈다.

두 사람을 가까이 오도록 한 유우는 수현을 바라보며 물었
다.

"네가 볼 때 앞으로 어떻게 해야 할 것 같으냐?"

"맹주 원소는 분명 할아버님을 또다시 황제로 추대하려고
할 것입니다."

"그럼 황숙께서는 어떻게 하셔야 하는 겁니까?"

"원소는 할아버님을 이용해서 빠르게 이번 일을 마무리 짓
고 싶을 겁니다. 명분이야 확실하지요."

"아무리 동탁이 세운 황제라지만 엄연히 황제이시다. 그러
니 그 말은 더 이상 하지 말거라."

"그렇다면 후일을 대비해야지요."

"어떤 대비를 말하는 것이냐?"

"전에 말씀드린 것처럼 각지의 태수나 자사들은 동탁이 세운 황제의 명령에 따르지 않을 겁니다. 그러면 혼란의 시대가 열리는 것입니다."

그 말에 유우는 공손도 태수에게 자리를 물려주어야 할 때가 왔다고 생각했다.

냉철한 성격의 공손도 태수라면 자신을 대신해서 목의 자리를 무난하게 맡을 수 있을 거라고 보았다.

"그럼 너는 어떻게 할 것이냐?"

"속히 양평으로 돌아가겠습니다. 그곳에서 힘을 기르면서 다가올 난세를 대비하겠습니다."

조운은 옆에 있는 수현을 보며 놀랐다.

아무리 동탁이 옹립한 황제라지만 그래도 황제였다. 그런데 그런 황제의 명을 따르지 않겠다고 말하니 괜히 역적모의라도 하는 기분이었다.

'아니다! 이미 형님으로 받들기로 천지신명께 맹세했다! 황숙께서 철석같이 믿는 형님이시니 나는 따르기만 하면 된다!'

불안한 마음을 달래기 위해 조운은 그렇게 스스로에게 다짐했다.

수현이 의미심장하게 말하자 유우는 걱정스러운 표정으로 물었다.

"어떻게 대비를 한다는 것이냐?"

"양평에서 병사들을 양성하고, 내치에 힘을 쓰면서 기회를 노려보아야겠지요."

"자금은? 병사를 양성하는 일에는 막대한 자금이 필요하다. 어떻게 충당할 것이냐?"

"교역을 하려고 합니다."

"교역?"

"예, 소금을 생산해서 판다면 부족한 재원을 마련할 수 있을 겁니다."

"황숙, 소금은 전매품이지 않습니까?"

조운의 물음에 유우가 고개를 끄덕이며 말한다.

"자룡의 말이 맞다. 소금은 나라에서 관리하는 물품이다."

"그렇지만 자사들에게는 소금을 판매할 수 있는 재량권이 있는 것으로 압니다."

"그렇기는 하다만, 공주 전하께서 그것을 용납하실지 모르겠구나."

"그래서 공주 전하와 자룡을 대동하여 양평으로 가려고 합니다."

"전하를 양평으로 모시고 간다고?"

"예, 그곳에 가서 왜 병사들을 양성해야 하는지를 눈으로 볼 수 있게 하겠습니다. 자룡은 그곳에서 병사들을 훈련시키는 일을 할 것입니다. 양평은 북방의 변방인지라 다른 제후들의 눈을 피하기에는 최적의 장소입니다. 그리고 이건 제 추측입니다만, 홍농왕 전하는 이미 유명을 달리하셨을 겁니다."

"뭐라!"

"형님!"

수현의 충격적인 발언에 두 사람은 화들짝 놀랐다.

유우는 아무리 포악한 동탁일지라도 보는 눈이 있어 홍농왕을 죽이지는 않았을 것이라고 생각하고 있었다.

조운 역시도 유우와 같은 생각을 하고 있었으니 두 사람이 받은 충격은 엄청났다.

그러면서도 한편으로는 지금껏 수현의 예측이 빗나간 적이 없다는 사실이 떠올라 아무런 말도 하지 못하는 유우였다.

잠시 말이 없던 유우가 수현을 보며 입을 열었다.

"그런 일을 하려면 요동태수를 수현이 네가 맡아야겠구나."

"예? 제가 어떻게 그런······."

수현이 말끝을 흐리자, 유우는 인자한 미소를 만들었다.

비록 나이는 이제 스물둘이지만, 수현이라면 훌륭하게 태수직을 수행할 수 있을 것으로 확신했다.

"어차피 공손 태수는 조만간 내 자리를 물려받아야 한다. 그러면 당연히 요동의 태수직은 공석이 된다. 그리고 지금이 네가 태수가 되기에 적기다. 동탁은 내가 황제가 되려는 것을 염려해서라도 내 청을 거절하지 못할 것이다."

"할아버님의 뜻이 그러하시다면 따르겠습니다."

"형님! 감축드립니다!"

"고맙네, 자룡."

"그럼 하루속히 공손 태수를 유주목에, 너를 요동태수에 임명해 달라는 장계를 올려야겠구나. 그리고 공주 전하를 찾아가서 잘 말씀드려 보거라."

"장인어른은 언제 이곳으로 오시는 겁니까?"

"네가 가서 요동태수직을 인수인계받아야만 여기로 올 수 있겠지."

"그럼 공주 전하의 승낙이 떨어지면 즉시 양평으로 출발하겠습니다."

"그리하여라."

그렇게 결정이 나자 수현과 조운은 내황공주를 찾아갔다.

『삼국지 더 비기닝』 2권에 계속…

초대형 24시 만화방

신간 100%, 샤워실, 흡연실, 수면실(침대석), 커플석, 세탁기 완비

■ 시흥 정왕25시점 ■

경기 시흥시 정왕동 1742-13 미스터피자 건물 5층
031) 319-5629

■ 강북 노원역점 ■

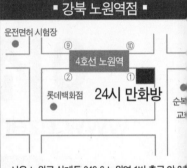

서울 노원구 상계동 340-6 노원역 1번 출구 앞 3층
02) 951-8324 (화용빌딩 3층)

■ 일산 정발산역점 ■

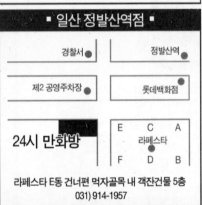

라페스타 E동 건너편 먹자골목 내 객잔건물 5층
031) 914-1957

■ 일산 화정역점 ■

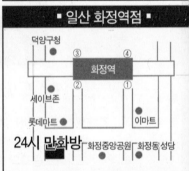

경기도 고양시 덕양구 화정동 984번지 서일빌딩 7층
031) 979-4874 (서일사우나 건물 7층)

■ 부천 역곡역점 ■

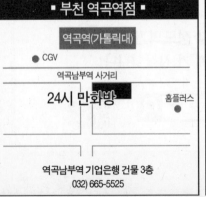

역곡남부역 기업은행 건물 3층
032) 665-5525

■ 부평역점 ■

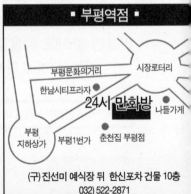

(구) 진선미 예식장 뒤 한신포차 건물 10층
032) 522-2871

FUSION FANTASTIC STORY

자미소 장편소설

GRAND SLAM

그랜드슬램

2016년의 대미를 장식할 최고의 스포츠 소설!!

Career record : 984W 26L
Career titles : 95
Highest ranking : No.1(387weeks)
Grand Slam Singles results : 23W
Paralympic medal record : Singles Gold(2012, 2016)

약 십 년여를 세계 최고로 군림한 천재 테니스 선수.
경기 내내 그의 몸을 지탱하고 있는 것은…… 휠체어였다.

『그랜드슬램』

휠체어 테니스계의 신, 이영석(32).
그는 정상의 자리에서도 끝없는 갈망에 사로잡혀 있었다.

"걷고 싶다, 뛰고 싶다. …날고 싶다!!"

뛸 수 없던 천재 테니스 선수
그에게, 날개가 달렸다!!!

Book Publishing CHUNGEORAM

유행이 아닌 자유추구 -
WWW.chungeoram.com

GAME BALL

게임볼 설경구 장편 소설
FUSION FANTASTIC STORY

무명의 야구인이었던 남자,
우진이 펼치는 야구 감독으로서의 화려한 일대기!

『게임볼』

"이 멤버로 우승을 시키라고?"

가상 야구 게임,
게임볼을 통해 인생 역전을 꿈꾸는

한 남자의 뜨거운 행보에 주목하라!

Book Publishing CHUNGEORAM

유행이 아닌 자유추구 -
WWW. chungeoram.com